十二國記
月之影 影之海 上
小野不由美
Ono Fuyumi
繪者◆山田章博 Yamada Akihiro
譯者◆王蘊潔

十二國記

夕之影・影之海（上）

目錄

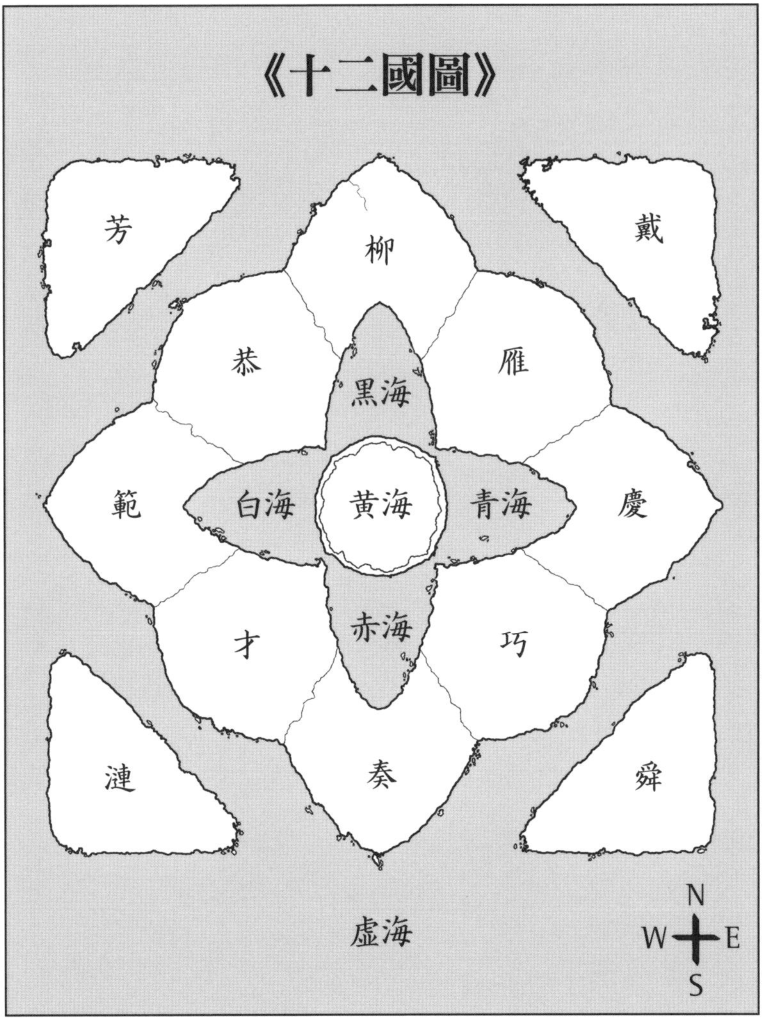
《十二國圖》
芳
柳
戴
恭
雁
黑海
範
白海
黃海
青海
慶
赤海
才
巧
漣
奏
舜
虛海
N
W
E
S

《巧國北方圖》

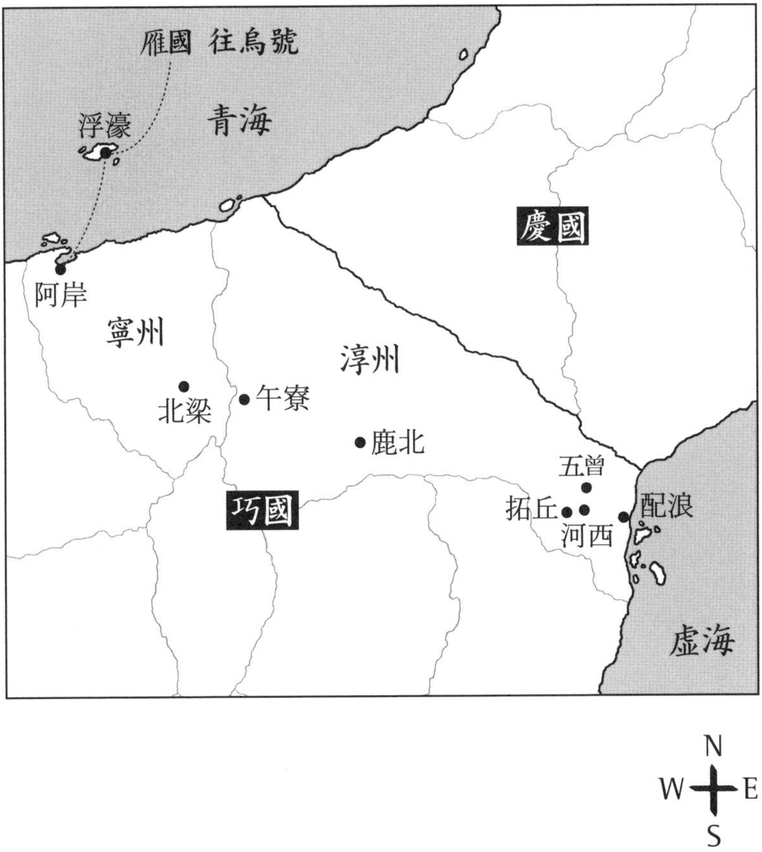

第一章

1

漆黑的黑暗。

她心驚膽戰地佇立在這片黑暗中。

不知道從哪裡傳來水滴掉落水面時，發出的尖銳而清澈的聲音。細微的聲音在黑暗中迴響，彷彿身處一個伸手不見五指的洞窟內，但她深知並非如此。

黑暗深不見底，巨大無比，在這片既不見天，也不著地的黑暗中，淡淡地亮著紅蓮般的亮光，紅蓮的亮光變幻、舞動，宛如熊熊火焰在遠方燃燒。

紅光的前方有無數影子，異形怪獸聚集在那裡。

異形怪獸手舞足蹈地從發光的方向跑來。有猴子，有老鼠，有鳥，雖然看似各式各樣的野獸，但每一隻野獸都和在圖鑑上看到的樣子略有不同，而且，這些紅獸、黑獸和青獸，每一隻都比真正的動物大了好幾倍。

牠們高抬前腳，一路奔跑。有的跳躍，有的在空中旋轉，宛如歡喜的廟會隊伍迎面而來。說歡喜，的確是歡喜；說是廟會，也的確可以說是廟會。

因為這些異形怪獸正朝向犧牲品飛奔，難掩要將犧牲品血祭的歡喜，興奮地奔馳而去。

最好的證明，就是殺意宛如一陣狂風般襲來，跑在最前頭的異形怪獸和她之間只剩下不到四百公尺的距離。每隻怪獸都張開血盆大口，雖然聽不到任何聲音，但可從牠們的表情中，知道牠們發出了歡呼。沒有聲音，也聽不到腳步聲，只有宛如在洞窟內滴落水珠的聲音持續不斷。

她張大眼睛，注視著向她飛奔而來的影子。

——一旦牠們過來，我就沒命了。

雖然她意識到這件事，身體卻無法動彈。她猜想自己會被大卸八塊，被這群怪獸啃食精光，但身體完全不聽使喚。況且，即使她的身體可以自由活動，她也不知道怎麼逃，更無處可逃。

她感覺全身的血液在倒流，似乎可以聽到血液倒流的聲音，很像漲潮時的海浪聲。

在她凝神注視時，怪獸和她之間的距離只剩下三百公尺。

陽子猛然跳了起來。

汗水從太陽穴流了下來，眼睛痠痛。她慌忙連續眨了幾次眼睛，才終於深深地嘆了一口氣。

「夢……」

她之所以說出口，是因為想要確認一下。如果不確認，不這麼明確地告訴自己，就會感到不安。

「那是夢。」

那只是夢。雖然這一個月來，她都持續夢見相同的夢境。

陽子緩緩搖了搖頭，因為窗簾很厚實，所以房間內光線昏暗。她把枕邊的鬧鐘拿過來一看，發現還不到要起床的時間。身體很沉重，挪動手腳時，都有一種好像被黏住般的阻力。

一個月前，她第一次作了那個夢。

起初只是一片漆黑。黑暗中，聽到空洞而尖銳的水滴聲，自己孤獨地佇立在漆黑的黑暗中。她深感不安，極度的不安，即使想要逃，身體也無法動彈。

相同的夢境持續了三天後，她在黑暗中看見了紅蓮的亮光。夢中的陽子知道有可怕的東西從亮光處向她逼近。只是在黑暗中看到亮光，她就嚇得驚叫醒來。夢境持續的第五天，她看到了影子。

起初她以為是浮在紅光中的黑色斑點，但連續多日作相同的夢之後，她發現影子漸漸向她逼近。她花了數天時間，才知道是一群什麼東西，之後又過了數天時間，才知道是異形怪獸。

陽子把床上的絨毛娃娃拉了過來。

——已經這麼近了。

那群怪獸花了一個月的時間從遙遠的地平線那端一路跑來，恐怕明天或後天，就會跑到陽子面前。

——到時候，我會怎麼樣？

想到這裡，陽子搖了搖頭。

——那只是夢。

即使持續了一個月，即使夢境每天都有進展，夢終究只是夢。

她如此告訴自己，仍然無法抹去內心的不安。她的心跳加速，耳朵深處可以聽到血液流動，宛如漲潮時的聲音。急促的呼吸灼燒著喉嚨，陽子緊緊抱著絨毛娃娃尋求慰藉。

因為睡眠不足和疲勞，全身懶洋洋的，陽子勉強起了床，換上水手服後下了樓。

她不想做任何事，隨便洗了把臉，就走去開放式廚房。

「……早安。」

她向正在流理臺前準備早餐的母親打招呼。

「妳已經起床了嗎？最近都很早起喔。」

母親說著，回頭看著陽子。母親瞥向陽子的視線停留在她身上，立刻露出嚴肅的眼神。

「陽子，又變紅了。」

陽子一時不知道母親在說什麼，愣了一下，隨即慌忙把頭髮抓在手上。平時她都會綁好髮辮後才走進飯廳，今天早上起床後，把睡覺前綁的髮辮解開，梳了頭髮後就下樓了。

「要不要找時間去染一下？」

陽子搖了搖頭，蓬鬆的頭髮拂過她的臉頰。

陽子的頭髮是紅色的。她頭髮的顏色很淡，晒了太陽或是游泳後，很容易脫色。她的長髮留到背後，但頭髮留長時，髮梢就會脫色，看起來好像染過頭髮。

「不然就剪短一點？」

陽子默默點了點頭，急忙綁起辮子。當她綁成麻花辮時，顏色感覺比較深。

「不知道像誰……」

母親一臉嚴肅的嘆著氣。
「上次老師也問我，真的是天生的嗎？所以我叫妳乾脆去染一下。」
「學校規定不能染髮。」
「那就乾脆剪短？短髮就比較不明顯。」
陽子垂著頭。母親泡著咖啡，用冷漠的語氣繼續說道。
「不引起別人注意，乖巧懂事的清秀女生最惹人喜愛，如果讓人以為是故意打扮得花俏，想要引人注意會很丟臉，連同妳的人格都會遭到懷疑。」
陽子不發一語地看著桌布。
「我相信有人看到妳的頭髮後皺眉頭，妳也不希望別人覺得妳是一個愛玩的女生吧？媽媽給妳錢，放學回家時順便去剪一剪。」
陽子偷偷地嘆了一口氣。
「陽子，有沒有聽到？」
「……嗯。」
陽子在回答時看向窗外。窗外是一片帶著憂鬱色彩的冬日天空。二月中旬，天氣還很寒冷。

2

陽子就讀一所普通的女子高中，這所私立學校除了是女子學校以外，沒有任何特色，只是父親執意希望陽子讀這所學校。

陽子在中學時的成績很不錯，原本打算考更好的高中，老師也強烈推薦她就讀其他學校，但父親堅持不肯讓步。父親似乎很中意這所私立高中，因為離家很近，沒有不良風氣，也沒有譁眾取寵的校風，反而有著時下難得一見的嚴謹。

原本看到模擬考成績露出惋惜之色的母親，也很快支持父親的意見。一旦父母決定，陽子根本沒有置喙的餘地。雖然她很喜歡稍遠的另一所學校的制服，但她覺得不值得為制服的事和父母鬧得不高興，所以就聽從了父母的決定。或許是因為這個原因，入學已經一年多了，她仍然對這所學校沒有太多感情。

「早安。」

陽子一走進教室，就聽到開朗的打招呼聲。兩、三個同學向陽子舉起了手，其中一個人跑了過來。

「中嶋，妳數學作業卷有沒有做好？」
「嗯。」
「不好意思，借我看一下。」
陽子點了點頭，走到窗邊自己的座位後，把作業卷抽了出來。幾個女生立刻圍在課桌旁抄寫。
「中嶋好認真，不愧是班長。」
聽到她們這麼說，陽子不置可否地笑了笑。
「真的好認真，我討厭寫功課，很快就忘了。」
「對啊對啊，即使想要寫，也不知道該怎麼寫，想了很久，結果就想睡覺了。真羨慕腦袋聰明的人。」
「這種作業卷，妳三兩下就搞定了吧？」
陽子慌忙搖頭。
「沒、沒有啦。」
「那就是妳喜歡讀書。」
「怎麼可能？」
陽子笑了起來。

「因為我媽很囉嗦。」

雖然這不是事實，但這麼說不會惹同學討厭。

「我媽每天睡覺前都會檢查我每一樣功課，超煩的。」

母親反而討厭陽子太用功讀書——也許應該說，是父親不喜歡她太認真讀書，卻也不是完全不管她的成績，只是父母常覺得，與其拿時間去上補習班，不如學會做家事，但陽子還是很用功讀書，並不是因為喜歡讀，只是怕被老師罵。

「哇喔，超嚴格。」

「我懂，我懂，我爸媽也是。只要一看到我，就叫我趕快去讀書。我很想問他們，你們自己以前有這麼愛讀書嗎？」

「就是啊。」

陽子暗自鬆了一口氣，點了點頭，這時，站在她身旁的女生輕聲叫了起來。

「啊，杉本。」

一個少女走進教室。

所有人都瞄著她，但立刻移開視線。教室內一片寂靜，瀰漫著假惺惺的空氣。

這半年來，班上流行無視這個同學的存在。她低頭抬眼巡視了教室內的其他人，深深地低下頭，戰戰兢兢地走向陽子，在她左側的座位坐了下來。

「中嶋，早安。」

聽到她囁嚅打招呼的聲音，陽子差一點脫口回答，但慌忙把話吞了下去。她曾經有一次不小心應了一聲，事後被其他同學挖苦了半天。

陽子沒有吭氣，假裝沒聽到，其他人吃吃地竊笑起來。

遭到嘲笑的杉本很受傷地低下了頭，但仍然不時看向陽子，似乎想要說什麼。陽子感受她的視線，附和著其他人說話。雖然陽子覺得遭到無視的杉本很可憐，但一旦同情她、反抗其他人，自己就會淪為下一個受害者。

「呃……中嶋。」

身旁傳來低聲下氣的聲音，但陽子仍然假裝沒聽到。故意無視別人很痛苦，但陽子真的不知道該怎麼辦。

「中嶋。」

杉本耐著性子一次又一次叫著，每次聽到她的叫聲，周圍就立刻安靜下來，其他人都向她投以冷漠的視線。陽子無法繼續無視她，只好看向正抬眼看著自己的杉本。

雖然看著她，卻沒有回答。

「請問……妳有預習數學嗎？」

聽到她怯懦的聲音，陽子周圍的其他人哄堂大笑。

「……有啊。」

「不好意思，可不可以借我看一下？」

數學老師都會事先指名下一堂課要抽考的學生，陽子想起今天輪到杉本被抽考。

陽子看向其他同學，其他人都沒有說話，還用相同的眼神看著陽子。陽子知道其他人都等著她拒絕杉本。陽子痛苦不已。

「有些地方還要再檢查一下。」

觀眾似乎不喜歡她委婉的拒絕方式，立刻有人叫了起來：

「中嶋真是有情有義啊。」

言下之意，就是罵她很沒用。陽子下意識地縮起身體，其他同學也都表示贊同。

「中嶋，說話幹麼這麼客氣啊。」

「對啊對啊，妳就明確告訴她，這樣叫妳，造成妳很大的困擾。」

「對啊，不把話說清楚，這個世界上有些笨蛋就是聽不懂。」

陽子不知如何回答。她沒有勇氣辜負周圍人的期待，但也沒有勇氣對在隔壁座位上低著頭的同學說這麼殘忍的話。陽子不知所措地笑了笑。

「……嗯。」

「中嶋，妳真是好人，因為人太好了，所以就連某人也想要向妳求助。」

「我是班長……」

「明知道自己今天要被抽考，誰叫她自己回家卻不準備？這種人根本不必理她啊。」

「是嗎？」

「對啊。而且——」說話的同學露出殘忍的笑容。「妳把筆記本借給杉本，不是會把筆記本弄髒嗎？」

「啊，這倒是很傷腦筋。」

「對吧？」

其他人再度捧腹大笑。陽子和大家一起笑著，用眼角偷瞄鄰桌的同學。鄰桌的少女深深低著頭，淚水流了下來。

——杉本自己也有錯。

陽子告訴自己。任何人都不是無緣無故被人欺負，既然大家會欺負她，她身上一定有會遭人欺負的原因。

3

——在一片既不見天，也不著地的黑暗中，只聽到空洞尖銳的水滴聲。

陽子佇立在這片黑暗中。

她的正前方可以看到淡淡的紅蓮亮光。亮光前方有無數影子蠢蠢欲動，一群異形怪獸跳躍著奔跑而來。

獸群和她只剩下兩百公尺的距離。異形怪獸體型龐大，所以感覺近在眼前，她可以清楚地看到咧嘴而笑的大猴子身上紅毛反射著光，隨著每次跳躍而伸展、收縮肌肉。她和怪獸之間只剩下咫尺之距。

她無法活動身體，也無法叫出聲音，只能用力張大眼睛，看著漸漸逼近的獸群。奔跑。跳躍。一路跳躍著飛奔而來。迎面撲來的殺意宛如疾風，讓她無法呼吸。

——我要趕快醒來。

必須在牠們跑過來之前，從夢中醒來。

即使她用力這麼想，卻不知道如何讓自己醒來。如果可以憑意志的力量醒來，她早就這麼做了。

就在她手足無措地注視著獸群時，距離又縮短了一半。

——我要趕快醒來。

一陣焦躁襲來，她忍不住咬緊牙關。焦躁在體內翻騰，似乎隨時會從皮膚中迸裂而出。呼吸急促，心跳加速，在體內流動的血液發出宛如海浪般的聲音。

——我一定要設法逃離這裡。

這時，頭頂上突然有動靜，殺氣從天而降，幾乎快把陽子壓垮。陽子第一次在夢中動了一下。她抬頭往上看。

她看到一對褐色的翅膀，棕色有力的腳，和尖銳粗大得令人發毛的爪子。

她甚至來不及閃過「快逃」的念頭，體內突然湧起一股強烈的浪潮，陽子只能發出慘叫。

「中嶋！」

陽子在轉眼之間，順利逃脫了。她一心想要逃離，身體終於遵從了內心的想法。在她順利逃脫後，才終於看到周圍的情況。

一臉錯愕的女老師，和同樣一臉錯愕的同學。下一秒，教室內響起哄堂大笑。

陽子鬆了一口氣，立刻紅了臉。

自己睡著了。最近晚上睡覺時，一直作這個夢，很不容易入睡，睡眠也很淺，持續睡眠不足，所以經常在上課時打瞌睡，卻是第一次睡到作夢。

女老師大步走來。不知道為什麼，她總是把陽子視為眼中釘，可今天偏偏在她的課堂上睡著了。陽子咬著嘴脣。大部分老師都很喜歡陽子，唯有這個英語老師，無論在她面前表現得再順從，仍然無法討她的歡心。

「……真受不了。」她用教科書敲打陽子的課桌。「雖然以前見過上課打瞌睡的學生，但還是第一次見識睡到作白日夢的人！」

陽子垂著頭，回到了座位。

「妳是來學校幹什麼的？如果是為了睡覺，在家睡就好了啊。不喜歡上課，不必勉強啊。」

「……對不起。」

女老師用教科書的角落敲打著課桌。

「還是說，晚上玩得太累了？」

其他學生大笑起來。陽子的幾個朋友也和其他同學一樣放聲大笑，左側座位發出的笑聲似乎要故意讓陽子聽到。

女老師輕輕拉了拉陽子垂在背後、綁成一條髮辮的頭髮。

「這是天生的？」

「……對。」

「是嗎？我有一個高中同學也是一頭這種頭髮，妳讓我忍不住想起了她。」

女老師說到這裡笑了笑。

「只不過她和妳不一樣，她是染的。三年級時被輔導之後就退學了。不知道她現在好不好？真懷念啊。」

教室內四處響起竊笑聲。

「——所以？妳到底想不想上課？」

「……想。」

「是嗎？那就請妳站著聽課，這樣就不會睡著了。」

女老師命令後，露出意味深長的笑容走回講臺。

陽子站著上課時，教室內的竊笑聲不絕於耳。

那天放學後，班導師把陽子找去辦公室。她在英文課上的事似乎已經傳入班導師的耳裡。

老師把她找去辦公室後，花了很長時間問了她最近的生活情況。

「有老師問，是不是妳晚上玩得太累了。」

中年班導師說完，皺了皺眉頭。

「怎麼樣？最近是不是有什麼讓妳熬夜的原因？」

「……沒有。」

她當然不可能把夢境的事告訴別人。

「還是看電視看到很晚？」

「不，那個……」

陽子慌忙開始找理由。

「因為我期中考的成績退步了……」

班導師立刻就相信了。

「對喔，的確有點退步。原來是這個原因。但是，我說中嶋啊……」

「是。」

「即使在家用功到深夜，如果上課不專心，不是本末倒置嗎？」

「對不起。」

「這件事倒不至於要道歉，但妳因為頭髮很引人注目，所以很容易遭到誤解，有沒有什麼方法可以解決？」

「我打算今天去剪頭髮……」

「是喔。」

班導師點了點頭。

「因為妳是女生。雖然我知道妳心裡不太樂意，但老師是為妳好，因為有其他老師說妳染頭髮，也有人說妳很貪玩。」

「是。」

班導師向陽子揮了揮手。

「妳可以回去了。」

「好，老師再見。」

陽子鞠了一躬。就在這時，背後傳來一個叫她的聲音。

4

「……找到了。」

在聽到叫聲的同時，陽子聞到了海水的味道。

班導師納悶地看著陽子身後，陽子也轉過頭。

一個年輕男人站在她身後。那是一張完全陌生的臉。

「就是妳。」

男人直視著陽子說道，他奇怪的樣子讓陽子有點看傻了眼。男人看起來不到三十歲，身穿一件有點像是和服的長衣服，漠無表情的臉好像能劇面具般，一頭長髮及膝，光是這樣就已經夠奇怪了，更何況他的頭髮是很不真實的淺金色。

「你是誰？」

班導師用責備的語氣問道。男人沒有理會班導師，反而做出了更令人瞠目結舌的舉動。他跪在陽子腳下，深深低下了頭。

「……終於找到您了。」

「中嶋，妳認識他嗎？」

班導師問，一臉錯愕的陽子慌忙搖頭。

「我不認識。」

眼前的情況太異常了，不光是陽子，就連班導師也不知如何是好，只能手足無措地看著他，他站了起來。

「請跟我來。」

「啊……」

「中嶋，這個人是怎麼回事？」

「我不知道啊。」

陽子也很想問到底是怎麼一回事，她向班導師露出求助的眼神。教師辦公室內的其他老師也都詫異地聚集過來。

「你是誰？學校禁止外人隨便進入校園。」

班導師終於想起這件事，用強烈的語氣問道，男人漠無表情地看著他，根本不以為意。

「沒你的事。」

他冷冷地說完，又巡視著聚集在周圍的其他老師。

「也沒你們的事，快退下。」

每個人都被他盛氣凌人的態度嚇到了，男人注視著同樣驚訝不已的陽子。

「事情的來龍去脈我會在之後會向您說明，總之，您先跟我走。」

「不好意思！」陽子想要問他到底是誰，這時，附近突然響起一個聲音。

「台輔。」

聽到這個好像在叫人的聲音，男人抬起了頭。這可能是這個奇怪男人的名字。

「怎麼了？」

男人皺起眉頭問道，但他所看的方向根本不見人影。

那個聲音不知道從哪裡再度響起。

「追兵來了，似乎被跟蹤了。」

男人那張宛如能劇面具般的臉上頓時露出緊張的表情，他點了點頭，握住陽子的手腕。

「恕我失禮——這裡很危險，請跟我走。」

「……危險？」

「現在沒時間解釋。」

男人不假辭色地說，陽子忍不住縮起身體。

「敵人很快就來了。」

「……敵人？」

陽子不由得感到不安，忍不住發問時，那個聲音再度響起：

「台輔，來了。」

陽子左顧右盼，還是不見聲音的主人。幾個老師正想說什麼，就在這時——

靠向後操場的窗戶玻璃碎裂了。

碎裂的是靠近陽子身旁的一塊玻璃。陽子立刻閉上眼睛，只聽到玻璃碎裂的聲音和幾乎是驚叫的叫喊聲。

「怎麼回事！」

聽到班導師的叫聲，她張開閉上的眼睛，發現教師跑到玻璃碎裂的窗戶前巡視著窗外。冷風從面向大河的窗戶吹了進來，除了冰冷的空氣外，還飄來一股腥臭味。地上散亂著玻璃碎片，因為那個奇怪男子擋在前面的關係，所以陽子雖然靠近窗邊，玻璃碎片卻沒有打到她身上。

「怎麼了……」

陽子搞不清楚狀況，忍不住問道，男人用冷漠的聲音回答：

「所以我剛才說了，這裡很危險。」

說完，他再度抓住陽子的手臂。

「走這裡。」

陽子感到強烈的不安，想要甩開男人抓住她的手臂，但男人完全不想鬆手，而且反而握得更緊。陽子用力跺腳，身體搖晃起來，他把手放在陽子的肩上。

班導師出面制止了男人。

「這是你幹的嗎！」

男人用惡狠狠的眼神瞪著班導師，他的聲音冰冷無情：

「你退下，和你沒有關係。」

「你到底是誰，說話這麼放肆。你找我的學生有什麼事？你還有同夥在外面嗎？」

班導師對著男人大聲說完後，瞪著陽子問：

「中嶋，這到底是怎麼回事？」

「……我不知道。」

陽子還想問這是怎麼回事，男人伸手抓著搖頭的陽子。

「總之，跟我走。」

「不要。」

要是被老師誤解自己和這個男人是同夥就太可怕了。她扭著身體想要甩開男人的手時，那個聲音不知道從哪裡再度傳來：

「台輔。」

那個聲音很緊張，老師們巡視著四周，想要尋找聲音的主人。男人皺緊了眉頭。

「真是冥頑不靈。」

男人丟下這句話，突然跪在地上。陽子還來不及反應，腳就被他抓住了。

「不離君側，矢言忠誠。」

他一口氣說完，瞪著陽子。

「請說『准奏』。」

「你在說什麼？」

「您不愛惜您的生命嗎？請說『准奏』。」

陽子被他激動的語氣嚇到了，忍不住點了點頭。

「准奏……」

男人接下來的行動令陽子目瞪口呆。

下一秒，周圍發出了驚叫聲。

「你們！」

「在搞什麼啊！」

陽子啞然無語。這個陌生的男人低下頭，把頭放在他抓著的陽子腳背上。

「你想──」

陽子說不出話，無法說出接下來的「幹什麼」這三個字。

她感到一陣暈眩，好像有什麼東西竄過自己的全身，眼前隨即一片黑暗。

「中嶋！這是怎麼回事？」

她同時聽到了班導師漲紅了臉，發出的怒罵聲。

咚！隨著一聲低沉的地鳴，靠向後操場的所有窗戶上的玻璃，都變成一片白色混濁。

5

剎那間，彷彿有大量的水噴了進來。

破碎的玻璃碎片反射著耀眼的光，沿著水平方向飛來。

陽子立刻閉上眼睛，舉起手，轉過臉。她的手臂、她的臉和她的身體感受到隱約的痛楚。照理說應該伴隨著震耳欲聾的聲音，但陽子完全沒有聽到。

當她感受到宛如碎石撲來般的感覺停止後，張開了眼睛，發現玻璃碎片讓辦公室到處閃耀著光芒。老師們都蹲在地上，班導師趴在陽子的腳下。

陽子想要關心老師，卻發現他身上刺了無數玻璃碎片。老師們發出的呻吟終於傳入陽子的耳朵。

陽子慌忙低頭檢查自己的身體。雖然她站在班導師身旁，卻毫髮無傷。

班導師抓住了驚訝不已的陽子。

「妳……到底做了什麼？」

「我什麼都沒做！」

那個奇怪的男人拉開了班導師滿是鮮血的手。

「走吧。」

男人也毫髮無傷。

陽子搖了搖頭。一旦跟他走，真的會被認為是他的同夥。但是，她害怕繼續留在這裡，所以被男人拉著手，腳步情不自禁地跟著移動。「敵人來了」這句話完全沒有真實感，但其他人都滿身是傷，辦公室內充滿血腥味，她不敢繼續留在這裡。

他們剛衝出教室，就遇到了趕來的老師。

「怎麼了！」

上了年紀的老師大聲問道，看到陽子身旁的男人，皺了皺眉頭。陽子還來不及開口，男人就舉起手，指向教師辦公室說：

「有人受傷了，趕快去幫忙。」

說完，他拉著陽子的手。老師在背後大叫著，但陽子不知道他說什麼。

「要去哪裡？」

看到男人不是走下樓梯，而是想要往上走時，陽子忍不住問道。她很想趕快逃離這裡回家，陽子指向樓下，但男人拉著她的手上樓。

「那裡是屋頂……」

「別問這麼多，跟我走，有人會從那裡來。」

「但是——」

「我們去那裡，反而會惹麻煩。」

「惹麻煩……」

「您想把沒有關係的人捲進來嗎？」

男人打開通往屋頂的門，用力拉著陽子的手。

男人剛才說，會把沒有關係的人捲進來，這代表陽子和眼前的狀況有關嗎？男人剛才說的「敵人」到底是什麼人？陽子很想問，卻又不敢問。

她被男人拉著手，一路踉蹌地來到屋頂時，背後傳來奇妙的巨大聲響。

聽到這個宛如鏽鐵摩擦般的聲音，陽子看向背後，發現剛才經過的門上出現一個影子。

棕色的翅膀，顏色鮮豔的彎嘴張得大大的，發出好像興奮的貓般的叫聲。

那隻巨大的鳥張開的雙翼足足有五公尺。

——那是！

陽子的身體好像被綁住了，動彈不得。

——那是夢中的牠。

巨鳥發出怪叫聲，帶著強烈的殺意從屋頂撲來。夜色漸近，烏雲密布的天空很暗，夕陽的微弱紅光從雲層的縫隙中探出頭。

這隻外形像老鷹的鳥頭上長著角，牠甩了甩頭，用力拍著雙翼，一股帶著惡臭的強風吹來。陽子和在夢境中時一樣，傻傻地看著牠。

巨鳥飛上天空。牠輕巧地飛起來，在天空中再度拍動翅膀，然後突然改變了雙翼的角度。

那是準備俯衝的姿勢。陽子呆呆地想。巨鳥粗壯的腳直指陽子，棕色羽毛覆蓋的雙腳前方是一雙又粗又利的可怕鉤爪。

陽子還來不及從衝擊中緩過神，鳥的身體已經俯衝過來，她甚至無法發出叫聲。

她雖然張大眼睛，卻什麼都沒看到。當肩膀承受沉重的撞擊時，也很快接受了眼前的狀況，知道那對鉤爪要把自己撕裂。

「驃騎！」

不知道哪裡傳來一個聲音，一道暗紅色從眼前閃過。

——是血……

她腦海中閃過這個念頭，奇妙的是，她並未感到疼痛。

陽子終於閉上了眼睛。原來比想像中輕鬆。她暗自這麼想。原本以為死亡更加可怕。

「請您振作一點！」

有人大聲叫著，用力搖晃她的肩膀，她回過了神。

那個男人探頭望著她。她發現自己躺在水泥地上，堅硬的圍籬頂著自己的左肩。

「現在不能昏過去！」

陽子跳了起來。她發現自己倒在離剛才站立的位置很遠的地方。

聽到怪叫聲，她看到巨鳥在門前拍動著翅膀。

巨鳥每次拍動翅膀，就會吹起一股強風。牠的鉤爪挖進屋頂上的水泥，但爪子挖得太深，巨鳥似乎被卡住了。

牠不耐煩地用力甩著頭，一隻紅色的怪獸咬住了牠的脖子。外形像豹一樣的怪獸渾身披著暗紅色的毛。

「……我的天啊？」

陽子發出慘叫聲。

「那是什麼東西？」

「我剛才就說了，情況很危險。」

男人把陽子拉了起來，陽子忍不住比較著男人和巨鳥。

巨鳥和怪獸纏鬥，難分高下。

「芥瑚。」

隨著男人的叫聲，一個女人從水泥地裡冒了出來。女人披著羽毛的上半身從地面冒出來，宛如從水面浮起。

女人像鳥翼般的手上抱著一支劍鞘十分華麗的劍。劍柄呈金色，劍鞘上也有金色的裝飾，鑲滿像是寶石般的石頭，這把有珠飾點綴的寶劍看起來很不實用。

男人從女人手上拿過劍，直直地遞到陽子面前。

「……幹麼？」

「這是您的，請用這把劍。」

陽子看了看男人，又看了看那把劍。

「……我的嗎？不是你的？」

男人露出不悅的表情，把劍塞到陽子手中。

「我對劍沒有興趣。」

「你不是該用這把劍救我擺脫眼前的困境嗎！」

「真不好意思，我不懂劍術。」

「怎麼會這樣！」

手中的劍比外表看起來更沉重，陽子不覺得自己有力氣揮舞這把劍。

「我也不懂劍術啊。」

「難道您打算乖乖等死嗎？」

「不想……」

「那就請用這把劍。」

陽子的腦袋混亂到極點。她一心只想著不要就這樣被殺死。

但是，她沒有勇氣揮劍作戰，也沒有力氣，更不懂劍術。「趕快揮劍作戰」和「我不可能會用」這兩個極端相反的聲音，讓陽子採取了第三個行動。

她把劍丟向巨鳥。

「幹什麼——太愚蠢了！」

男人的聲音中充滿驚愕和憤怒。

陽子丟向巨鳥的劍當然沒有打中目標，只是在微微擦過巨鳥的翅膀前端後，掉落在巨鳥的腳下。

「真受不了你！驃騎！」

陽子似乎聽到他咂嘴的聲音。

聽到男人的聲音，原本抓住鳥翼的暗紅色怪獸鬆了手。一離開巨鳥，立刻彎身叼起落地的劍，向陽子他們飛奔過來。

男人接過劍的時候問怪獸：

「撐得住嗎？」

「應該沒問題。」

陽子驚訝地發現，回答的竟然就是那隻名叫驃騎的暗紅色怪獸。

「拜託了。」男人簡單交代後，又轉頭對外形像鳥一樣，始終不發一語的女人說話。

「芥瑚。」

女人點頭時，小碎石飛濺過來。

巨鳥終於把爪子從屋頂的水泥中拔了出來，噴出許多小水泥塊。

巨鳥飛上天空，紅獸撲上前去。原本只露出半個身體的女人不知道什麼時候已經露出了全身，飛向空中，加入了戰局。女人有著人類的腳，但腳上長滿羽毛，還有一條尾巴。

「班渠、重朔。」

和前一刻那個女人聽到男人的叫聲就立刻現身一樣，這次又有兩隻巨大的怪獸同時出現。其中一隻是大型犬，另一隻很像狒狒。

「重朔，你負責保護她。班渠，這裡交給你了。」

「遵命。」

兩隻野獸鞠了一躬。

男人點了點頭，轉過身，毫不猶豫地走向圍籬，一下子消失無蹤了。

「怎麼會……等一下！」

陽子大叫時，像狒狒一樣的怪獸向她伸出手。

怪獸把手放在陽子的身體上，不由分說地把她抱了起來。陽子立刻驚叫出聲，狒狒不理會她，把她抱在腋下，縱身一跳，跳到了圍籬外。

6

狒狒從這個屋頂跳向那個屋頂，又從屋頂跳向電線桿，一次又一次驚人的跳躍，像風一樣狂奔。

陽子被狒狒用這種粗暴的方式一路送到遠離市中心、面向海岸的海港防坡堤上。

狒狒把手上的陽子放在地上，陽子還來不及喘氣，牠已經消失無蹤了。陽子四處尋找牠的去向，發現剛才的男人拎著寶劍，從巨大的消波塊堆中出現。

「妳沒事吧？」

陽子點了點頭。雖然有點頭暈，那是因為狒狒的跳躍導致的暈眩，而且在短時間內接二連三地發生了太多難以用常識想像的事。

她雙腿一軟，當場坐在地上，莫名其妙地哭了起來。

「現在不是哭的時候。」

陽子看著不知道什麼時候跪在自己身旁的男人。到底發生了什麼事？她抬頭看著男人，想要尋求答案，但男人似乎無意向她解釋。

陽子垂下雙眼。男人的態度太冷淡了，她沒有勇氣發問，只好用顫抖的手抱住雙腿。

「……我好害怕。」

陽子輕聲嘀咕，男人用強烈的語氣說：

「現在沒時間嘆息，追兵馬上就來了，不可以在這裡休息。」

「追兵？」

陽子驚訝地抬起頭，男人點了點頭。

「因為您沒有殺死牠，所以牠還會追過來。驃騎牠們正在努力拖延，但恐怕拖不了太長的時間。」

「那隻鳥嗎？那隻鳥到底是誰？」

「蠱雕。」

「蠱雕？」

男人露出輕蔑的眼神。

「就是牠。」

陽子的身體瑟縮著。她很想抗議，說我聽不懂這樣的解釋，卻說不出口。

「你是誰？為什麼要救我？」

「我是景麒。」

他簡短地回答後，沒有進一步的說明。陽子輕輕嘆了一口氣，她很想問他：「你不是叫台輔嗎？」但男人身上所散發的氣息讓她不敢問。

她很想趕快離開這個莫名其妙的男人回家，但她的書包和大衣還留在教室；她不敢一個人回去拿，卻也不能這樣回家。

「──可以了嗎？」

陽子不知所措地蹲在地上，男人唐突地問。

「可以什麼？」

「我在問您，可以出發了嗎？」

「出發？要去哪裡？」

「那裡啊。」

陽子完全不知道「那裡」是哪裡，只能呆呆地愣在原地。男人抓住了她的手。陽子不禁想，這是第幾次被他抓著手。

為什麼他不好好解釋，就要強制自己做某些事呢？

「……等一下。」

「現在沒時間了。」

男人的語氣很不耐煩。

「已經等候太久，不能繼續再等下去了。」

「那裡是哪裡？要花多長時間？」

「直奔那裡的話，單程要一天的時間。」

「我沒辦法去。」

「為什麼？」

行。

聽到男人責備的語氣，陽子低下頭。這個男人來歷不明，陽子不敢貿然跟他同單程就要花一天時間，對陽子來說，根本不可能輕易跟他走。自己要怎麼跟父母解釋不回家這件事？陽子的父母很保守，不可能允許她晚上不回家。

「……我沒辦法去。」

陽子很想哭。她完全搞不清楚眼前的狀況，男人也不向她解釋，卻用一臉可怕的表情，提出這麼無理的要求。

一旦流淚，又會挨罵，她只能拚命忍住淚水。

她抱著雙腿不說話，那個聲音再度突然響起：

「台輔。」

男人抬頭看著天空。

「蠱雕嗎？」

「是。」

陽子感到不寒而慄。那隻巨鳥追來了。

「……救命。」

她抓住男人的手臂，男人回頭看著陽子，把手上的劍遞給她。

「如果您不想死，請用這把劍。」
「但是我不會用劍。」
「只有您能用這把劍。」
「我不會！」
「那我把賓滿借給您——冗祐。」
隨著他的叫聲，地面露出半張男人的臉。
這個男人的臉好像是用岩石做的，看起來氣色很差，凹陷的雙眼像鮮血一樣通紅。
從地面露出的脖子下沒有身體，是像水母般半透明果凍狀的東西。
「……那是什麼啊？」
陽子小聲驚叫，那個怪物不理會她，從地面滑了出來，朝向陽子飛去。
「不要！」
陽子想要逃離，景麒抓住了她的手臂。
陽子想逃卻無法逃離，有什麼沉重的東西突然撲向她的後脖頸。她知道是那個怪物撲到她身上，隨即感覺到冰冷柔軟的東西鑽進制服的領子中，陽子忍不住慘叫起來。

「不要！幫我拿走牠！」

陽子用沒被抓住的那隻手用力揮動，想要甩掉背上的東西，景麒也抓住了她的另一隻手。

「住手！不要！」

「真是太不聽話了，妳先鎮定。」

「不要！我說了不要了嘛！」

像漿糊般冷冰冰的東西從後背爬到她的手臂，陽子同時感受到脖子後方被什麼東西用力按住，卻只能不停地尖叫。

她雙腿一軟，癱坐在地上，扭著身體，拚命想要甩開男人的手，當兩隻手終於恢復自由時，因為用力太猛，跌倒在地。她驚恐不已地用雙手摸著脖子後方時，已經摸不到任何東西了。

「怎麼了？怎麼回事！」

「只是被冗祐附身而已。」

「附身？」

陽子用雙手摸著全身，全身都摸不到那種可怕的感覺。

「冗祐知道怎麼使用劍，請用這個。」

男人冷淡地說著，把劍遞給她。

「蠱雕的速度很快，至少要先殺了牠，否則很快就會被追上。」

「至少……牠？」

這意味著還有其他追兵嗎？就像在夢境中所看到的那樣？

「我……做不到。對了，剛才那些叫冗祐和賓滿的怪獸跑去哪裡了？」

男人沒有回答，看著天空說了聲：

「來了。」

7

陽子還來不及回頭，就聽到背後傳來奇怪的叫聲。

陽子回頭看向聲音的方向時，那把劍被塞進她手中。陽子不予理會，繼續回頭向後看。巨鳥正張開翅膀，從背後的上空俯衝下來。

陽子驚叫著。這下逃不掉了。她立刻閃過這個念頭。

巨鳥俯衝的速度太快了，自己來不及逃走，也不會用劍，更沒有勇氣和那隻怪獸對峙。沒有任何方法可以拯救自己。

她整個視野都被巨鳥粗壯的鉤爪占據了。她想要閉上眼睛，但無法做到。

一道白光閃過眼前，隨即響起劇烈的撞擊聲，聽起來像是岩石和岩石相撞的聲音，像斧頭般沉重的鉤爪就停在她眼前。

是那把劍制止了鉤爪，劍身從劍鞘中拔出一半，舉在眼前的正是自己的雙手。

怎麼回事？她甚至無暇自問。

陽子的雙手把劍身完全拔了出來，立刻砍向蠱雕的腳。

鮮血四濺，溫熱的血滴噴在陽子的臉上。

陽子整個人呆住了。

舞劍的絕對不是陽子，但她的手腳自己活動，砍斷了倉皇逃竄的蠱雕的一隻腳。

噴出來的鮮血再度濺在她的臉上，溫熱的血順著她的下巴流到脖子，流入了衣領中。可怕的感覺讓陽子忍不住發抖。

陽子步步後退，彷彿在閃避噴出來的鮮血。

逃向空中的巨鳥立刻調整姿勢飛撲而來。

陽子砍向牠的翅膀，感受到自己的身體每動一次，就有冰冷的感覺緩緩傳遍全身。

——是牠。是那個叫冗祐的怪獸。

巨鳥帶著負傷的翅膀，發出奇怪的叫聲衝向地面。

陽子看著這一幕，終於領悟到一件事。

那個名叫冗祐的怪獸操控了自己的手腳。

巨鳥痛苦地拍著翅膀，用巨大的雙翼拍著地面，朝向陽子撲來。

陽子的身體輕巧地閃過，在閃避的同時，立刻揮劍深深地砍向巨鳥的身體。

溫熱的鮮血從天而降，手上仍然殘留著砍斷骨肉的可怕感覺。

「不要！」

雖然嘴巴可以按照她的意志說話，但她已經無法控制身體的動作。

鮮血順著身體流了下來，她用劍深深地刺進墜落地面、正在痛苦掙扎的蠱雕的翅膀。當劍身刺穿翅膀後，她又往身體的方向一拉，割斷了巨大的翅膀。

陽子立刻轉身，朝向發出尖叫聲，噴出血泡的脖子砍出。

「不要……住手。」

巨鳥慌忙用力拍打著受傷的翅膀，但牠的翅膀已經無法讓牠的身體飛向天空。

陽子的手臂避開巨鳥在空中拍打出聲的翅膀，刺進了牠的身體。她立刻把頭轉到一旁，但雙手還是感受到割開軟綿綿身體的感覺。

她拔出劍，再度高舉起來，毫不猶豫地砍向巨鳥的脖子。劍砍中牠的脖子，停了下來。

她再度把劍從黏稠的血肉中拔了出來，高舉在頭上，這次終於完全砍斷了巨鳥已經被染成一片紅色的脖子。她用巨鳥還在痙攣的翅膀擦了劍刃後，手腳不由自主地停了下來。

陽子大聲尖叫，終於把劍丟在一旁。

陽子從防坡堤的角落探出身體，

她一邊哭，一邊沿著海裡的消波塊跳入海水中。她完全不顧現在是二月中旬，海水冰冷刺骨，只想洗去從頭到腳的血跡。

她忘我地用海水洗著身體，終於恢復平靜時，渾身發抖，幾乎無法爬回岸邊。

她費了很大的工夫爬回防波堤，再度放聲大哭。恐懼和厭惡讓她高聲哭了起來。

在她哭得聲音沙啞，渾身也沒有力氣時，景麒終於問她：

「可以了嗎？」

「……什麼……」

她茫然地抬起頭，景麒的臉上沒有任何表情。

「牠並不是唯一的追兵，其他追兵很快就來了。」

「……所以呢？」

陽子的神經似乎麻痺了，她並未對「追兵」這個字眼感到任何恐懼，瞪著男人時，內心也完全沒有絲毫的畏懼。

「追兵很不好對付，您必須和我一起來，我才能保護您。」

陽子冷冷地回答。

「不。」

「您太不識大體了。」

「夠了，我要回家。」

「即使您回了家，也未必安全。」

「我管不了那麼多了。太冷了，我要回家……把怪獸從我身上拿開。」

男人看著陽子，陽子也冷冷地看著他。

「牠不是附在我身上嗎？趕快把那個叫冗祐的怪獸拿走。」

「您暫時還需要牠。」

「不需要，因為我要回家了。」

「您真是愚蠢至極！」

聽到男人的怒罵聲，陽子張大了眼睛。

「您不能死。如果您拒絕，我會強行把您帶走。」

「你別自說自話了！」

陽子破口大罵。這是她有生以來第一次罵別人。罵出口後，卻發現體內有一種奇妙的興奮感。

「我到底做了什麼！我要回家，我不想被捲入這種事。我哪兒也不去，我要回家。」

「眼下恕難從命。」

陽子用力推開男人遞到她面前的劍。

「我想回家！你沒資格指使我！」

「您難道還不瞭解目前有多危險嗎？」

陽子冷笑著說：

「危險也沒關係，和你無關吧？」

「當然有關。」

男人低聲丟下這句話，看著陽子的身後，微微點了點頭。背後毫無預警地伸出兩隻白淨的手臂，抓住了陽子的手。

「幹什麼！」

回頭一看，發現是剛才拿著寶劍現身的鳥女人。女人抓著陽子的手臂，硬是把寶劍塞到她手上，然後反手抱住了她。

「放開我！」

「您是我的主人。」

陽子聽到這句話，立刻抬頭看向景麒。

「主人？」

「只要是主人的命令，即使赴湯蹈火，我也在所不辭，但眼下攸關您的性命，請您原諒我的冒犯。目前的首要任務是確保您的安全，在您瞭解狀況後，如果還想回家，我務必親送。」

「我什麼時候變成了你的主人？你突然出現在我面前，沒有解釋任何事，就莫名其妙地做了這些事，開什麼玩笑！」

「眼下無暇說明。」

景麒說完，用冰冷的視線看著陽子。

「我也不希望您是我的主人，但這不是我的意志能決定的事。我也不能對主人見死不救，更要絕對避免把無辜的人捲進來。如果您不答應，恕我採取強硬手段——芥瑚，請帶她走。」

「不！放開我！」

景麒沒有回頭看陽子。

「班渠。」

隨著景麒的呼喚聲，出現了一隻紅銅色長毛的怪獸。

「要分開飛，否則會沾到血腥味。」

名叫驃騎的怪獸出現了，牠的外形像一隻巨大的豹。女人反手架住陽子，讓陽子坐在牠的背上。

陽子對輕巧地坐在班渠身上的男人說：

「別開玩笑了！讓我回家！至少把那個怪獸拿掉！」

「您並不會感到不舒服吧？雖然冗祐附身在您身上，但您應該沒有任何感覺。」

「但還是覺得很噁心！幫我拿掉！」

「冗祐——」男人轉頭看著陽子的方向命令道：「絕對不要現身，就當作自己不存在。」

沒有回答的聲音。

景麒點了點頭，載著陽子的怪獸站了起來。陽子立刻抓住抱著自己的女人的手臂，怪獸無聲無息地跳躍起來。

「……我說了我不要！」

怪獸無視陽子的吶喊，輕快地跑向空中。

怪獸緩緩飄向空中，高度逐漸增加。牠跑得很平穩，如果不是地面越來越遠，甚至會陷入一種錯覺，以為自己停在原地。

怪獸在空中奔跑。地面越來越遠，暮色的街頭出現在腳下，一切彷彿在作夢。

8

滿天的點點寒星，勾勒出城鎮輪廓的無數星星點綴腳下。

怪獸在海上奔騰。

怪獸飛翔，宛如在空中游泳，速度卻快得驚人。不知道為什麼，完全沒有風在耳邊呼嘯的感覺，所以以為速度並不快，但只要看到背後的夜景急速後退，就知道目前的速度非比尋常。

無論她怎麼叫、怎麼訴說，都沒有人理會她。她甚至苦苦哀求，但也沒有人回答。

海上一片漆黑，再加上目測不到任何可以參照高度的東西，所以對高度並沒有太大的恐懼，卻對前往的目的地充滿恐懼。

怪獸頭也不回地直奔海上。周圍看不到載著景麒的另一隻怪獸的身影，也許正如景麒所吩咐的，他們正分頭飛向目的地。

陽子在渾身疲憊的同時，更感到有點氣餒，終於不再叫喊。一旦放棄掙扎，隨即發現坐在伸展四肢、在空中飛翔的怪獸背上很舒服。在背後抱住自己的女人雙臂溫暖了她冰冷的身體。

陽子遲疑了一下，然後終於開口問背後的女人：

「那個……追上來了嗎？」

她微微扭著身體問，女人點了點頭。

「對，有眾多妖魔追兵。」

女人的聲音溫和輕柔，令陽子感到安心。

「你們……是誰？」

「我們是台輔的僕人——請看著前方，如果您掉下去，我會挨罵。」

「……喔。」

陽子很不甘願地轉向前方。

放眼望去，是一片黑暗的大海和黑暗的天空，還有微微閃爍的星光、海浪，和懸在高空的皎潔月亮。

「請抓好寶劍，千萬不要離身。」

這句話令陽子心生害怕，難道又要像剛才一樣，展開一場令人反胃的作戰嗎？

「……敵人快來了嗎？」

「雖然有追兵，但驃騎速度很快，不必擔心。」

「……那？」

「要隨時小心謹慎，確保劍和鞘都不會遺失。」

「劍和鞘。」

「這把劍不能和劍鞘分離。劍鞘上的珠子可以保護您。」

陽子看著手上的劍，劍鞘上綁著裝飾繩，前端垂著一塊像乒乓球般大小的青石。

「這個嗎？」

「是。如果您覺得冷，請握住珠子。」

陽子順從地把青石握在手中，溫暖漸漸傳入手心。

「……好溫暖。」

「對受傷、疾病和疲勞也有效，這把劍和珠子都是祕藏的重寶，千萬不能遺失。」

陽子點了點頭，正在思考下一個問題時，怪獸突然降低了高度。

白色月影映照在漆黑的海上，在海浪之間穿梭的影子快速接近，這股衝勁逼近海面，濺起了浪花。

當怪獸繼續下降時，海面宛如沸騰般起伏，竄起了水柱。

怪獸想要衝進在這片翻騰海面上閃耀的光環中。陽子察覺之後，立刻慘叫起來：

「我不會游泳！」

她緊緊抓住女人白淨的手臂，女人的手臂微微用力。

「不必擔心。」

「但是！」

陽子來不及把話說完，海面就在眼前出現，她大聲尖叫起來。

衝進光環的瞬間，她原以為會承受巨大的撞擊，卻完全沒有感受到。

她感受不到海浪濺起的水花，也感受不到海水的冰冷，只有閉起的雙眼感受到銀白色的光，宛如溶入了這片光海之中。

陽子感受到一種宛如薄布輕撫臉龐的感覺，張開了眼睛，發現眼前是一條光的隧道。至少在陽子看來是這樣。這裡沒有聲音，也沒有風，放眼望去，盡是冷冽的光。

陽子回頭看向水面，發現月形的白光吞噬了黑暗，水面泛起無數漣漪。

「這是……怎麼回事？」

在如同潛水般行進的方向前方，有一個和腳下相同的光環。是頭頂上的光環照亮了腳下，還是相反，是腳下的光環把光射向頭頂的方向？無論如何，如果那是出口，這條隧道很短。

載著陽子的怪獸轉眼之間就穿越了這片閃耀的光芒，衝向前方的光環。陽子再度感受到那種好像薄布輕撫身體的感覺，衝破之後，竟然來到海面上。

她的上下感覺完全顛倒了。耳朵突然可以聽到聲音，她抬起眼，閃耀著微光的海面一望無際。和進入時一樣，陽子他們也是從黑暗海面上的月影中竄出來的。

她看不清遠方的海面，只知道月光下，黑暗的大海無邊無際。

當他們從月影中竄出時，以怪獸為中心的漣漪迅速擴散，海面滾滾翻騰，掀起了狂濤巨浪。

看著浪頭的浪花，就知道狂風肆虐。剛才始終維持無風狀態的怪獸周圍，微風開始打轉，頭頂上的雲開始流動。

怪獸往上跑向空中，當遠離了宛如鑲在掀起狂風巨浪中的海上月影，而其本身看起來和普通的月影無異時，女人突然開了口：

「驃騎！」

聽到這個緊張的聲音，陽子回頭看著女人，順著女人的視線看向背後。黑夜的海面上，有無數黑影從白色月影中竄了出來。

只有天頂的月亮和月影發出光亮，但也很快就被雲層覆蓋了，迅速地變成一片黯黑——正是漆黑的黯夜。

在這片既不見天，也不著地的黑暗中，淡淡地亮著紅蓮的亮光。正是月影消失的位置。這道淡淡的亮光如同熊熊火焰在燃燒般舞動、變幻。

紅光的前方有無數影子，異形怪獸聚集在那裡。

異形怪獸手舞足蹈地從亮光的方向跑來。有猴子，有老鼠，有鳥，有紅獸、黑獸和青獸。

陽子呆若木雞。

「這是……」

這是……這片景象是——

陽子尖叫起來。

「不要！快逃！」

女人搖晃著陽子的身體，似乎在安撫她。

「我們正在逃，請安心。」
「不要！」
女人把陽子的身體壓低。
「請您抓緊驃騎。」
「妳呢？」
「我會盡力阻擋牠們。請您緊緊抓住驃騎，無論發生任何事，都絕對不要放開寶劍。」
確認陽子點頭後，女人鬆開了雙手。
女人在漆黑的空中跑向後方，金棕色的條紋背影轉眼之間就被黑暗吞噬了。
陽子周圍一片黑暗，伸手不見五指。風在呼嘯，陽子被吹得東搖西晃。
「驃……驃騎。」
陽子緊緊趴在驃騎的背上叫道。
「有何貴幹？」
「我們逃得掉嗎？」
「這就不清楚了。」

驃騎用沒有感情的聲音回答後叫了一聲：

「注意頭上！」

「啊？」

陽子抬起頭，看到微微的紅光。

「是合踰。」

陽子緊緊抱著的怪獸話音剛落，立刻縱身跳向側面閃躲，有什麼東西以驚人的速度擦身墜落。

「怎麼了？發生了什麼事！」

驃騎在空中左右蹦跳著，急速下降。

「拿劍——有埋伏，我們被包圍了。」

「怎麼會這樣！」

陽子大喊著，眼前的黑暗中亮起淡淡的紅光。紅光的前方有無數影子，正手舞足蹈地從亮光的方向跑來。

「不！快逃！」

我不要再舞劍了。當她閃過這個念頭的瞬間，感覺到有什麼冰冷的東西撫摸著她的腳。

騎在驃騎身上的陽子雙腿用力夾緊了牠的身體。冰冷的東西又爬上了她的後背，硬是把陽子的上半身從驃騎背上拉開。

她的手不由自主地開始為戰鬥做準備。她雙手鬆開了驃騎，從劍鞘中拔出劍，把劍鞘拿向背後，插在裙子的皮帶中。

「……不，不要！」

她右手舉起了劍，左手抓住驃騎的毛。

「拜託啦，我不要！」

迎面而來的那群怪獸和迎上前去的驃騎，雙方都如疾風般衝向對方。

驃騎衝進了異形怪獸群中，陽子手上握著的劍用力砍向同時撲來的巨大怪獸。

「不要！」

陽子閉上眼睛。如今，她只能主宰叫喊和閉上眼睛這兩件事。

她從來沒有殺生過，就連自然課的解剖實驗也不敢正視，她不希望被迫殺生。

劍不停地舞動，她聽到驃騎的聲音。

「不要閉上眼睛！這樣冗祐無法行動！」

「不要！」

驃騎用力跳向側面，陽子的脖子忍不住向後仰。

陽子的身體被甩向前後左右，但她用力閉著眼睛。她不想目睹廝殺，如果閉上眼睛，能夠讓寶劍停止揮動，那她絕對不會睜開眼。

驃騎用力跳向左側。

陽子突然感受到一陣好像撞牆般的強烈衝擊，聽到像狗哀號般的短促叫聲，陽子猛然張開眼睛，只看到一片深沉的漆黑。

她來不及思考到底發生了什麼事，只見驃騎的身體用力傾倒，陽子兩腿緊緊夾著的毛皮驟然消失了。

她來不及慘叫，就被拋向空中。

她驚訝地張大了眼，看到一隻像野豬般的怪獸撲了過來，隨即感受到右手砍向肉身的沉重衝擊，陽子聽到了怪獸的咆哮和自己的尖叫聲。

最後，她所有的感覺都墜入了黑暗。

口上。

陽子放下了鏡子，她決定再也不照鏡子。只要不看鏡子，就不會在意自己的長相。雖然即使不照鏡子，也可以看到頭髮的顏色，但只要認為自己染了髮，就不是太大的問題。雖然她之前並不是很滿意自己的長相，只是沒有勇氣再度直視這種變化。

「雖然我不得而知，但也會發生這種事，等心情慢慢平靜後，就能夠接受了。」

老婦人說完，把水桶從桌子上拿了起來，再把一個大碗端到桌上，碗裡裝著湯，看起來像是年糕的食物沉在碗底。

「先吃這個吧。吃不夠的話，這裡還有。」

陽子搖了搖頭。她完全沒有心情進食。

「……妳不吃嗎？」

「我吃不下。」

「吃幾口，就會發現其實肚子已經餓了。」

陽子默默地搖了搖頭。老婦人輕輕嘆了一口氣，用一個像是細高花瓶般的陶瓷瓶為她倒了一杯茶。

「妳是從那裡來的吧？」

老婦人在發問的同時，拉了一張椅子坐下來。陽子抬眼看著她。

第二章

1

洶湧的海浪拍打著沙灘。

陽子猛然醒來，發現自己倒在海岸旁。

海浪沖刷的沙灘離陽子倒地的位置有一小段距離，但浪潮洶湧，浪花濺到了陽子的臉上，她也因此醒了過來。

陽子抬起頭，一陣大浪打來，沿著沙灘淹過來的海水沖溼了倒在地上的陽子的腳尖。奇怪的是，她並不覺得冷，所以繼續躺在那裡，任憑海浪沖刷她的腳尖。

濃濃的海水味飄來。陽子在茫然中覺得海水味很像血腥味，彷彿在人體內流動的是海水，所以，只要豎起耳朵，就可以聽到體內的海浪聲。

一道大浪再度打來，海水沖到了陽子膝蓋處，海水夾帶的沙子滑過膝蓋，她聞到了濃烈的海水味。

陽子呆呆地看著自己的腳下，發現沖刷腳尖後流回大海的海水帶著紅色。她看向海面，發現是一片灰色的大海和灰色的天空，完全沒有紅色。

海浪再度打來，流回大海的海水還是紅色。她尋找著紅色的來源，不禁張大了眼睛。

「……啊！」

原來紅色來自己的腳。海浪沖刷過的腳尖和小腿，都不斷滲出紅色。

她慌忙用雙手撐起身體，仔細一看，發現自己的手和腳都通紅，就連制服也變成了深紅色。

陽子忍不住輕聲尖叫起來。

——是血。

全身被濺到的血染得一片通紅，雙手幾乎變成了黑色，輕輕握起雙手，發現雙手變得很黏，輕輕觸摸後，發現臉上和頭髮也都黏乎乎的。

當陽子發出尖叫時，又有一道大浪打來。

海浪沖刷了坐在海灘上的陽子周圍。混濁的灰色海水流回大海時，帶著一抹紅色。

陽子掬起沖上岸的海水，洗了洗雙手，從指尖滴落的水完全變成了血液的顏色。

海浪每次打來，她都掬水洗手，但是洗了一次又一次，雙手還是無法恢復原有的白皙。水位不知不覺已經淹至坐在海灘上的陽子的腰部，紅色不斷滲入海水中，周圍的水面也染成一片紅色，而且，紅色的範圍越來越大，在這片只有灰色的風景中，紅色被襯托得格外鮮豔。

這時，陽子猛然發現自己手上的變化。她把紅色的手伸到眼前。指甲變長了。

尖而銳利的指甲差不多有手指的第一個關節那麼長。

「……為什麼？」

她細細打量著自己的手，發現了更多的變化。她的手背上有無數道裂痕。

「這是什麼……」

啪啦。一小片紅色的碎片掉落，被風吹到了海上。

那一小片碎片剝落後，出現了一小撮紅色的毛。那一小片地方，長滿了濃密的短毛。

「不會吧……」

她輕輕搓了幾下，掉落無數碎片，出現了更多紅毛。只要她稍微動一下，腳上和臉上就都有碎片掉落，渾身出現了很多紅色的毛。

制服被洶湧的海浪不斷沖刷，很快就破了。制服下也出現了紅色的毛，海水沖洗著她身上的毛，紅色滲入海中，放眼望去，周圍已經染成了一片紅色。

指甲尖如凶器，渾身長滿紅毛——自己宛如變成了野獸。

「——不可能！」

她嘶叫的聲音也破了音。

——為什麼會這樣？

破爛的制服剝落後，她發現自己的手臂扭曲成奇妙的形狀，看起來有點像是狗或貓的前肢。

——濺到身上的血。

——絕對是因為剛才濺到身上的血造成的。

妖怪的血濺到自己身上，所以自己的身體也發生了變化。

——我也會、變成妖怪。

（怎麼會有這種荒唐事！）

——我不要。

「我不要！」

她大聲叫喊，卻聽不到自己的聲音。

陽子只聽到洶湧的海浪聲，和一頭野獸的咆哮聲。

——陽子張開眼睛，發現自己在一片蒼茫的黑暗中。

她一呼吸，立刻感到全身疼痛，胸口特別痛。

她立刻把雙手拿到眼前，微微鬆了一口氣。手上的尖爪和紅毛都不見了。

「……」

她發出無聲的嘆息。回想著自己身上所發生的一切，回想著造成這一切的原因，記憶突然甦醒。她慌忙想要坐起來，但身體僵硬，難以動彈。

她緩緩喘了幾口氣，才慢慢坐了起來。她持續深呼吸時，疼痛也漸漸消失。當她坐起來時，許多松葉從她身上掉落。

——松樹。

那的確像是松樹的葉子。她巡視周圍，發現是一片松林，抬頭一看，看到樹枝折斷處還很新。她判斷自己是從那裡掉下來的。

她的右手仍然緊緊握著劍柄。她佩服自己竟然沒有鬆手，然後檢查自己的身體，驚訝地發現並沒有受傷。雖然有無數微小的擦傷痕跡，但全身上下找不到任何傷口，而且，身上也沒有任何變化。

陽子小心翼翼地摸向背後，抽出因塞在裙子腰帶中而沒有遺失的劍鞘，把劍放了回去。

海浪陣陣，淡淡的白色霧靄飄來，瀰漫著黎明前的空氣。

「所以我才會作那個夢……」

她回想起濺到身上那些噁心的血、和怪獸對戰的經過與海浪的聲音。

「……糟透了。」

陽子嘀咕著，巡視著周圍。

周圍是海邊常見的松樹林。黎明前的海邊。自己既沒有死，也沒有身負重傷——這是陽子目前掌握的所有情況。

樹林裡沒有任何動靜，附近應該沒有敵人，而且——也沒有戰友。

剛才從映照在海面上的月影竄出來時，月亮高掛在天空。現在是黎明時分。自己獨自躺在這裡這麼長的時間，代表和景麒他們走失了。

——迷路的時候要留在原地。

陽子小聲地自言自語。

景麒之前信誓旦旦地說要保護我，一定會帶著其他人來找我。如果輕易走動，反而會彼此都找不到對方。

她靠在旁邊的樹幹上，握著劍鞘上的玉珠，全身的疼痛漸漸消失了。

太奇妙了。她忍不住想。

她不由得再度打量玉珠，看起來和普通的石頭沒什麼兩樣，濃密的青色石頭發出像是玻璃的光澤。青色的翡翠可能就是這種感覺吧。

她心裡這麼想著，再度用力握緊玉珠，一動也不動地坐在那裡，閉上了眼睛。

陽子閉上眼睛時，可能睡著了片刻。當她再度張開眼睛時，四周灑滿微光，一片清晨的景象。

「太久了……」

他們在幹什麼？為什麼把自己丟在這裡這麼久？景麒呢？芥瑚呢？驃騎呢？

陽子猶豫了很久，終於忍不住叫了起來。

「……冗祐。」

她猜想冗祐應該仍然附在自己身上，但出聲叫了之後，沒有聽到任何回應。她檢查了自己的身體，也完全感受不到冗祐的存在。之前也是，除了舞劍的時候以外，完全感覺不到牠的存在，所以無法判斷冗祐是否也和自己走失了。

「你在嗎？景麒他們去了哪裡？」

無論她問了多少次，都聽不到任何回答。

她開始感到不安。也許景麒他們想要找自己，卻不知道該去哪裡找？她想起墜落前聽到的慘叫聲，留下來阻擋敵人的驃騎不知道是否平安無事？

她越來越不安，硬撐著渾身痠痛的身體站了起來，左顧右盼。周圍是一片松樹林，右側就是樹林的盡頭，去那裡應該不至於會有危險吧？

樹林外是一片凹凸不平的荒地，低矮的灌木緊貼著發白的泥土。前方就是斷崖，斷崖前方是一片漆黑的海。昨晚看到的海也是黑色的，但她以為是黑夜的關係，如今天已經亮了，仍然是漆黑一片，代表大海本身的顏色很深。

陽子情不自禁地走向懸崖。

懸崖很高，感覺像是從百貨公司的屋頂往下看。陽子站在那裡，呆呆地看著大海良久。

不是因為高度的關係，而是因為腳下的那片大海有一種異樣的感覺。

大海是無限接近於黑色的深藍色，她看著延伸到水面下的懸崖，發現水並沒有顏色，而是極其清澈。

那是一片超乎想像的深海，似乎是因為水太清澈，所以盤踞在深海中的黑暗一覽無遺，她俯瞰著光也無法照到的海底深處。

這片深海的深處有點點光亮，雖然不知道是什麼，但像砂粒般的點點微光亮著，或是聚集在一起，形成淡淡的光斑。

——像星星一樣。

陽子感到一陣暈眩，坐在懸崖上。
那正是宇宙的景觀，以前在照片上看過的星星、星團和星雲，竟然出現在自己的腳下。
——這是我完全陌生的地方。
她突然湧現這個念頭，她一直以來不願面對的事物湧瀉而出，一發不可收拾。
這裡是陽子未知的世界，她以前從來沒見過這樣的海。她被帶到了一個完全不同的世界。
——不要。
「這不會是真的吧……」
這裡是哪裡？這是怎麼回事？到底是危險還是安全？接下來該怎麼辦？
為什麼會這樣？
「……冗祐？」
陽子閉上眼睛叫了一聲。
「冗祐！拜託你回答我！」
身體內只聽到宛如海浪般的聲音，附身在自己身上的怪獸沒有應答。
「你不在嗎？誰來救我！」

已經過了一整晚，媽媽在家一定很擔心，爸爸現在一定怒不可遏。

「……我要回家。」

當她小聲嘀咕時，淚水奪眶而出。

「我想要回家……」

淚水一旦流下來，就再也無法克制了。陽子抱著雙腿，低下了頭，放聲大哭起來。

陽子哭得額頭有點發燙，才終於抬起頭。盡情哭泣後，心情稍微平靜了一點。

她緩緩張開眼睛，眼前是一片宛如宇宙般的大海。

「……太奇妙了。」

她覺得自己好像在俯視星空，清澈的漆黑中繁星滿天，星雲在水中緩緩旋轉。

「太奇妙、太美了……」

她發現自己終於平靜下來。

陽子茫然地注視水中的星星。

2

太陽越過天頂之前，陽子都在那裡看著大海。

這裡到底是怎樣的世界？又是怎樣的地方？

來這裡之前，曾經經過月影，這件事本身就很奇怪。想要抓住月影，就像想要抓住夕陽一樣，根本是不可能的事。

景麒和他身邊奇怪的野獸。陽子的世界中沒有這種怪獸，那絕對是這個世界的動物——她意識到了這件事。

景麒為什麼把我帶來這裡？他說很危險，說要保護我，卻把我丟在這裡。

景麒他們到底發生了什麼事？那些敵人到底是什麼人？為什麼要攻擊我？為什麼眼前發生的一切和夢境完全一樣——況且，為什麼我會持續作那些夢？

一旦開始思考，就越想越不清楚，思考彷彿走進了迷宮。自從遇見景麒之後，所發生的所有一切都充滿疑問，幾乎都是陽子難以理解的事。

她不由得痛恨起景麒。

他突然出現在陽子面前，不由分說地把她帶到一個莫名其妙的世界。如果沒有遇見景麒，根本不會來這種地方，也不可能殺生，即使殺的是怪獸。

雖然談不上是想念景麒，只是眼前除了景麒以外，她不知道還可以依靠誰，可景麒卻不來接她。難道是那場戰鬥發生了什麼意外，他想要來，也來不了嗎？還是另有什麼原因？

陽子更加覺得自己面臨了重大的困境。

——我為什麼會遇到這種事？

陽子並沒有做什麼，全都是景麒惹出來的禍。想到這裡，就覺得自己遭到怪獸的攻擊，也是景麒的錯。

在教師辦公室時，不是有一個聲音說：「似乎被跟蹤了」嗎？景麒說那是「敵人」，但應該不是陽子的敵人，陽子從來不曾與怪獸為敵。

景麒說，陽子是他的主人。陽子覺得這件事是一切的原因，因為陽子是景麒的主人，所以才會遭到景麒的敵人的攻擊。為了抵擋敵人的攻擊，她不得不舞劍，也不得不來到這種地方。

但是，陽子從來不記得自己曾經當過任何人的主人。

她不知道自己為什麼會變成別人的主人，所以，不是景麒誤會了，就是他一廂情願這麼想。

景麒曾經說，「終於找到」了陽子。他一定是在找他的主人，然後犯下了重大的錯誤。

「還信誓旦旦地說什麼要保護我。」陽子小聲地咒罵。

「這一切，全都是你惹出來的禍。」

影子漸漸拉長，陽子終於站了起來。她清楚地知道一件事，即使一直坐在這裡咒罵景麒，也無法解決任何問題。

陽子巡視四周，無論走去哪一個方向，都是一望無際的懸崖。她無可奈何地走回剛才的松樹林。雖然她沒有穿大衣，卻並不覺得冷，這裡似乎比陽子原本住的地方氣候更加宜人。

這片並不大的樹林好像曾經經歷一場颱風，到處都是折斷的樹枝。穿越樹林，是一大片沼澤地。

「……」

仔細觀察後，發現那裡並不是沼澤，而是泥土流入的農田。

整片水面的某些地方露出整修得筆直的田埂，低矮的綠色植物從泥土中探出頭，被吹得東倒西歪。

放眼望去，都是一片泥海，遠處有一些房屋形成了小村落，村落的後方是險峻的山巒。

這裡完全沒有電線桿或是鐵柱之類的東西，遠處的村落也沒有電線，建築物的屋頂上也沒有天線。

房子都是黑色瓦屋頂，泛黃的土牆，村落周圍種著低矮的樹木，但幾乎都倒了。

這裡並沒有她原先以為會看到的異常風景或是奇怪的房子，內心不由得鬆了一口氣。雖然感覺稍有不同，但很像日本隨處可見的田園風光，所以她有點小小的失望。

安下心後，陽子仔細觀察周圍，發現離松樹林很遠的地方有幾個人影。雖然看不清楚他們的樣子，但輪廓的感覺不像是妖怪，而且他們好像在農田裡工作。

「太好了……」

她忍不住脫口說道。最初看到那片大海時，她不由得亂了方寸，但眼前的風景並沒有太大的異常。除了這裡似乎沒有電力以外，看起來很像是日本的某個村莊。

陽子深深地嘆了一口氣，決定去向遠處的那些人問路。雖然她對和陌生人說話感到害怕，但她一個人無法離開這裡。她突然想到，不知道對方能不能聽懂她說的話，但當務之急，必須向他人求助。

她激勵著心生害怕的自己，在嘴裡喃喃自語：

「我先說明情況，再問有沒有看到景麒他們。」

這是陽子目前唯一能夠做到的事。

她終於找到可以走路的田埂，走向正在農田裡幹活的人影。隨著距離越來越近，她發現他們不是日本人。

她看到褐髮的女人和紅髮的男人，身上散發出的氛圍和景麒很神似。

也許是因為五官和體形完全不像白人，只有頭髮的顏色比較奇怪的關係。除了這一點，他們看起來就是很普通的男人和女人。

他們身上的衣服也和日本的和服稍有不同，男人都留著長髮，綁了起來，除此以外，並沒有特別的異常。他們手拿像是鏟子的東西，正在鏟除田埂。

其中一個男人抬起頭，看到陽子後，戳了戳其他人。他似乎說了什麼，但聽起來不像是奇怪的聲音。那裡總共有八個男人和女人，都看向陽子，陽子向他們微微欠了欠身，除此以外，她不知道該怎麼辦。

一個三十歲左右的黑髮男人立刻爬上田埂。

「……妳是從哪裡來的？」

聽到他說的是日語，陽子發自內心地鬆了一口氣，臉上很自然地露出了笑容。眼前的狀況似乎沒有她想像的那麼糟糕。

「懸崖那裡。」

其他人也都停下手，看著陽子和男人。

「懸崖那裡……妳老家在哪裡？」

陽子原本想要回答「東京」，但隨即閉嘴。原本她想得很簡單，覺得只要把自己遭遇的事告訴他們就好，只是即使說了實話，他們會相信嗎？

陽子正在猶豫，那個男人又繼續問她：

「妳身上的打扮很奇怪，該不會是從海上來的？」

這就是所謂的「雖不中，亦不遠矣」，所以陽子點了點頭。男人瞪大了眼睛。

「原來是這樣，真是太驚人了。」

男人臉上露出冷笑，陽子難以理解他的態度。他露出警戒的眼神打量著陽子，視線停留在陽子的右手上。

「妳手上拿的東西太嚇人了吧？這是怎麼回事？」

陽子知道他指的是自己手上的劍。

「這是……別人送我的。」

「誰送妳的？」

「一個叫景麒的人。」

男人立刻走到陽子身旁，陽子不由自主地後退一步。

「妳拿太重了——交給我，我來幫妳拿。」

男人的眼神令陽子感到有點害怕，他的語氣不像是關心，於是，她把劍抱在胸前，搖了搖頭。

「……沒關係，請問這裡是哪裡？」

「這裡是配浪。既然有事請教別人，怎麼可以亮出這麼危險的東西？把手上的東西給我。」

陽子忍不住後退。

「別人叫我不能放手。」

「給我。」

男人語氣強烈地說道，陽子忍不住感到害怕。她不敢對男人說「不」，只好很不甘願地把劍遞給男人。男人一把抓過劍，仔細地打量。

「還真精緻啊，給妳這把劍的男人很有錢吧？」

在一旁圍觀的其他人也紛紛圍上前來。

「怎麼回事？她是海客嗎？」

「是啊，你們看，這東西很驚人吧？」

男人笑著想要拔劍，但不知道為什麼，劍無法從劍鞘中抽出來。

「原來只是裝飾品——算了，沒關係。」

男人笑著把劍插在腰帶上，然後突然伸手抓住了陽子的手臂。陽子尖叫起來，但男人粗暴地扭著她的手臂。

「……好痛！放開我！」

「這怎麼行？海客都要送去縣長那裡，這可是規定。」

男人笑著推著陽子。

「走吧，別擔心，不會傷害妳的。」

男人推著陽子走路，對周圍的其他人說：

「誰來幫我，把她帶過去。」

——手很痛。這個男人不知道是好人還是壞人，也不知道到底要把自己帶去哪裡。陽子感到不安。

她發自內心地想要擺脫這個男人。當腦海中閃過這個念頭時，手腳突然感到冰冷，陽子甩開了男人的手，然後不由自主地伸向男人的腰，把劍連同劍鞘一起拔了出來。她用力向後跳開。

「……他媽的。」

男人對著陽子咆哮，其他人立刻提醒他：

「小心！那把劍——」

「沒關係，那只是裝飾品。喂，姑娘，妳乖乖地到我這裡來。」

陽子搖了搖頭。

「……不要。」

「難道妳要我一路把妳拖過去嗎？別虛張聲勢了，趕快過來。」

「……我不要。」

越來越多人從遠處聚集過來。

男人向前踏出一步，陽子把劍從劍鞘中抽了出來。

「什麼！」

「別過來……請別過來。」

在場所有人都瞠目結舌地愣在那裡，陽子環顧所有人，慢慢後退，隨即轉身跑了起來。背後傳來追趕的腳步聲。

「別過來！」

她回頭，看到追上來的那些男人，立刻轉過身停下來，舉起了劍。她似乎可以聽到自己全身的血往下流的聲音。

「不要……」

劍指向逼近的男人。

「冗祐，不要！」

——不行。我做不到。

劍的前端在半空中勾勒出漂亮的弧度。

「我不想殺人！」

她大叫著用力閉上眼睛，手臂也立刻停了下來。

同時，她被人用力拉倒。有人騎在她身上，搶走了劍。陽子流下了眼淚，但不是因為疼痛，而是鬆了一口氣。

「真是不知好歹。」

她粗暴地被人推了一下，但她來不及感到疼痛，就被拉了起來，雙手被兩個男人扭到身後。

陽子無意抵抗，只能默默地在心裡拜託冗祐：「不要動。」

「帶她去村裡，還有這把劍，都一起交給縣長。」

陽子閉著眼睛，不知道是哪一個男人在說話。

3

陽子被一路拉著，走在蜿蜒農田之間的小路上。

十五分鐘後，終於來到一個被高牆圍起的小鎮。

剛才看到的村落只有幾棟房子聚集在一起，這裡是由將近四公尺高牆圍起的小鎮周圍，四方形的外牆上有一道大門，看起來很堅固的門向內側敞開著，裡面是一道紅牆，上面不知道畫著什麼，牆壁前方放了一張木椅，沒有人坐在上面。

陽子被推著走進小鎮，繞過紅牆，可以看到門前那條路。

這個小鎮的風景似曾相識，同時又有極其異樣的感覺。

白牆、黑瓦屋頂，和枝葉扶疏的樹木，也許是因為建築物充滿東方的感覺，所以才會有似曾相識的感覺。即使如此，仍然無法令她產生親近感，可能是因為整座小鎮都完全感受不到人的動靜。

進入大門後的寬敞大道分成左右兩條小路，路上完全不見人影。所有房子都是平房，面向馬路的是一排和房子一樣高的白色圍牆。圍牆每隔一定的間隔就有一個缺口，在小院子的後方就是房子。

每棟房子的大小都差不多，建築物的外觀和細部不盡相同，卻很相似，而且都感受不到任何生命力。

有些房子敞著窗戶，用竹棒支撐著向外推開的木質窗板，但敞開的窗戶反而更襯托出整個小鎮都沒有人的動靜，無論在街上還是房子內都看不到一條狗，也聽不到任何聲音。

正前方的寬敞大路只有一百公尺左右，大路盡頭是一座廣場，還有一棟用鮮豔色彩點綴的白色石造建築，但鮮豔的色彩顯得極度空虛。左右兩條小路在大約延伸了三十公尺處後有一個直角的轉角，盡頭是小鎮的外牆，轉角處也感受不到任何動靜。

放眼望去，並沒有特別高的房子，黑色瓦屋頂的後方就是小鎮的外牆。視線掃視一下，就可以看到外牆圍成縱向很長的細長方形。

簡直是一個狹小得令人窒息的小鎮，應該不到陽子就讀的那所高中的一半，外牆卻建得特別高。

好像在魚缸裡。陽子突然有這種感覺。這個小鎮宛如在大魚缸的水底沉睡的廢墟。

陽子被帶到正前方圍繞廣場而建的那棟建築物中。

建築物有點像在中華街看到的房子。紅色的梁柱、色彩鮮豔的裝飾，卻和鎮上一樣，都散發出空虛的感覺。建築物內有一條筆直的狹窄長廊，這裡也很昏暗，完全不見人影。

把陽子帶來此地的幾個男人討論之後，推著陽子往前走，把她關進了一個小房間。

如果要用一句話形容陽子對那個房間的感覺，就是「牢房」兩個字。

地上鋪滿像是屋瓦般的瓷磚，許多地方已經缺損或是出現了裂縫，牆壁是爬滿裂痕的土牆，高處有一個裝了窗櫺的小窗戶。房間有一道門，門上也有一扇裝了窗櫺的窗戶，隔著那扇窗戶，可以看到站在門前的幾個男人。

一張木椅和一張小桌子，還有相當於一張榻榻米大的臺子，是房間內所有家具。臺子上貼著厚布，似乎就是睡床。

這是哪裡？這個小房間又是怎麼回事？自己會遭到怎樣的對待？雖然她有滿腹的疑問，卻不想問看守人。那幾個男人似乎也無意和陽子交談。陽子坐在睡床上低頭不語。因為除此以外，她無法做任何事。

過了很久，建築物內才傳來動靜。有人走到門前，和原來的看守換班。新來的看守是兩個男人，都身穿好像劍道防具般的藍色皮革盔甲，可能是這裡的警衛或是警官之類的。陽子屏住呼吸，不知道接下來會發生什麼事，但身穿盔甲的男人只是用凶狠的眼神看著陽子，並沒有對她說話。

即使是嚴酷的狀況，周遭有狀況發生時，至少可以分散注意力，被人置之不理反而會更加惶恐不安。她好幾次想要和門外的士兵說話，卻還是開不了口。

經過了令人忍不住想要喊叫的漫長時間，太陽已經下山，牢房中漆黑一片後，三個女人走了進來。走在最前面的白髮老婦手持燈火，穿著陽子以前在電影中看到的中國古代衣服。

終於有人來了，而且進來的不是身高體壯的男人，對方是女人這件事，讓陽子鬆了一口氣。

「你們退下吧。」

老婦人對手上拿了很多東西、和她一起走進房間的兩個女人說。那兩個女人把東西放在地上後，深深鞠了一躬，走出了牢房。老婦人目送她們離開後，把桌子拉到睡床旁，把像是油燈的燭臺放在桌子上，又把一個水桶放在桌上。

「先洗洗臉吧。」

陽子點了點頭，慢吞吞地洗完臉，又洗了手腳。雖然手上沾滿了深紅色的汙垢，但洗了之後，立刻恢復了原來的顏色。

她這才發現自己的手腳沉重僵硬，應該是冗祐的關係。因為之前多次做出超越陽子能力的動作，導致她渾身肌肉痠痛。

她盡可能慢條斯理地洗著手腳，水滲進了小傷口。她把在腦後綁成一條的髮辮拆開，想要梳頭髮，發現了身體的變化。

「……怎麼會這樣？」

陽子目不轉睛地看著自己的頭髮。

陽子的頭髮原本就是紅色，尤其髮梢好像脫色染過一樣——但是，拆開髮辮後的頭髮微微鬈曲，令她驚訝的是頭髮的顏色！

這種異常的顏色是怎麼回事？

她的頭髮完全成了紅色，好像被鮮血染了色，變成了很深很深的紅色。之前聽人說過「紅髮」這個字眼，但應該不是這種顏色。自己的頭髮變成了異常的紅色，難以相信有人的頭髮竟然是這種顏色。

陽子忍不住發抖。因為這實在太像她在自己變成野獸的夢境中，所看到的毛髮顏色。

「怎麼了？」

老婦人問。她回答說，自己的頭髮顏色很奇怪，老婦人聽了她的回答，微微偏著頭說：

「怎麼會呢？一點都不奇怪啊。雖然很罕見，但是很漂亮的紅色。」

陽子搖了搖頭，把手伸進制服的口袋，拿出一面小鏡子，確認自己的頭髮真的變成了鮮紅色，但隨即發現鏡子裡出現了一張陌生的面孔。

陽子一時不知道是怎麼回事，她舉起手，戰戰兢兢地撫摸著頭，鏡子中的人也用手摸著臉，她知道鏡子中的人就是自己，不禁愕然。

——這不是我的臉。

即使扣除因為頭髮顏色改變，導致整體感覺稍有不同的因素，她仍然覺得那不是自己的臉。這無關美醜，而是自己的臉完全變了，黝黑的臉上有一雙碧色的眼睛。

「這不是我。」

陽子驚慌失措地大叫，老婦人露出訝異的臉問：

「妳說什麼？」

「這不是我！」

4

老婦人從六神無主的陽子手上拿過鏡子，鎮定自若地看著鏡子後，又把小鏡子還給陽子。

「鏡子好像沒有問題。」

「但我不是長這樣。」

她這才發現自己的聲音也變了，自己好像完全變成了另一個人。既不是野獸，也不是妖怪，但是——

「那可能是妳變了樣。」

聽到老婦人語帶微笑的聲音，陽子仰頭看著她。

「……為什麼？」

陽子問了之後，再度看著鏡子，有一種奇妙的感覺，覺得好像有一個人取代了自己。

「這個嘛，我就不得而知了。」

老婦人說完，握著陽子的手，用不知道沾了什麼汁液的布，敷在她手臂上的小傷

「哪裡？」

「就是大海的另一邊，妳是穿越虛海過來的吧？」

「……虛海是什麼？」

「就是懸崖下的那一片海。漆黑一片、空無一物的海。」

原來那叫虛海。陽子在腦海中記住了這兩個字。

老婦人在桌上攤了一張紙，把裝了硯臺的盒子放在桌上，拿起毛筆，交給陽子。

「妳叫什麼名字？」

陽子有點不知所措，但還是順從地接過毛筆，寫下了自己的名字。

「我叫中嶋、陽子。」

「原來是日本的名字。」

「……這裡是中國嗎？」

陽子問，老婦人偏著頭回答：

「這裡是巧國，正確的名字是巧州國。」

老婦人說完，拿起另一支毛筆，在紙上寫了起來。

「這裡是淳州府楊郡，盧江鄉槙縣配浪。我是配浪的長老。」

老婦人寫的字和日文漢字的細部略微不同，但還是如假包換的漢字。

「這裡使用漢字嗎？」

「我們當然會使用文字啊，妳今年幾歲了。」

「十六歲。所以，妳剛才說的虛海也有漢字嗎？」

「就是虛無的海——妳是做什麼的？」

「學生。」

聽到陽子的回答，老婦人輕輕嘆了一口氣。

「妳會說話，也會認字。除了那把奇怪的劍以外，還帶了什麼東西？」

陽子拿出了自己口袋裡的東西。手帕、梳子、小鏡子、學生手冊，和壞掉的手錶。這是她目前所有的家當。

陽子把這些東西排放在桌子上，老婦人莫名地搖了搖頭，嘆了一口氣，把桌上的東西收進了衣服的懷裡。

「……我會被怎麼處置？」

「不知道，這要由上面的人決定。」

「我做了什麼壞事嗎？」

陽子覺得自己好像被當成了罪人。老婦人再度搖了搖頭。

「妳並沒有做什麼壞事，只是這裡規定，所有海客都要送到縣長那裡。」

「海客？」

「海客就是從海上來的訪客，從虛海遙遠的東方來的人，都叫海客。聽說虛海的遙遠東方，有一個叫日本的國家。雖然從來沒有人親眼證實過，但既然有海客從那裡漂洋過海而來，應該沒錯吧。」

老婦人說完，看著陽子。

「日本人有時候會被捲進蝕中，漂流到東方的海岸，就像妳一樣，這些人都叫海客。」

「十？」

「食字旁再加一個虫字。蝕有點像暴風雨，但和暴風雨不同，蝕會突然出現，又突然消失，之後就會有海客漂洋過海而來。」

說完，老婦人露出為難的微笑。

「只不過大部分都變成了屍體，即使有活下來的海客，也都要交給上面的人。由上面那些大官決定怎麼處置。」

「會怎麼處置？」

「我真的不知道會怎麼處置，自從我祖母的時代之後，就沒有再見過活的海客漂到這裡，而且那個海客也在被送到縣府之前就死了。妳沒有在海裡溺斃，運氣太好了。」

「請問……」

「什麼？」

「這裡到底是哪裡？」

「淳州啊，剛才不是寫了嗎？」

老婦人指著紙上寫了地名的位置，陽子打斷她說：

「不是啦！」

老婦人驚訝地張大了眼睛，陽子說：

「我不知道虛海這種地方，也從來沒聽說過巧國。我完全不知道這個世界，這裡到底是哪裡？」

老婦人不知所措地嘆了口氣，沒有回答她的問題。

「……請妳告訴我回去的方法。」

「沒有。」

老婦人很乾脆地回答，陽子緊緊握著雙手。

「沒有？」

「任何人都無法穿越虛海，即使有辦法來，也沒辦法回去。從來沒有人從這裡去那裡，也不曾有海客回去過。」

陽子停頓了片刻，才充分理解這句話。

「……回不去？怎麼會有這種荒唐事！」

「回不去了。」

「但是，我……」

陽子說著，淚水奪眶而出。

「我有父母，還要去學校上課。我昨天晚上就沒回家，今天也曠課了，大家一定很擔心我。」

老婦人尷尬地移開視線，起身開始收拾桌上的東西。

「……妳還是死了這條心吧。」

「但是，我根本不想來這種地方啊！」

「所有的海客都一樣。」

「我所有的一切都在那裡，我什麼都沒帶，卻沒辦法回去！我……」

陽子無法再繼續說下去，放聲大哭起來，老婦人不理會她，帶走了剛才帶來的東西，走出了房間後，傳來鎖門的聲音。牢房內再度只剩下陽子一人，老婦人把燭臺也拿走了，牢房內完全沒有亮光。

「我想、回家……」

她沒有力氣繼續坐著，在睡床上蜷縮著身體。她放聲哭了起來，最後哭累了，昏睡過去。

她一夜無夢。

5

「起來！」

陽子聽到聲音，隨即有人拍她的身體。

她哭累的眼皮很沉重，燈火刺眼。她因為疲勞和飢餓感到渾身無力，但又不想吃東西。

走進牢房叫醒陽子的幾個男人，用繩子輕輕綁住她的身體，把她推出牢房外。當她走到建築物外時，有一輛馬車停在廣場上。

陽子坐上了兩匹馬拉的馬車，她巡視周圍，發現廣場上和街角聚集了很多人，紛紛看著她。

原來昨天看到像廢墟般的小鎮上藏了這麼多人。

這些人看起來像東方人，只有頭髮的顏色不同。當很多人聚集在一起時，感覺極其奇妙，每個人臉上都帶著夾雜好奇心和嫌惡的表情，陽子覺得自己真像被押解的犯人。

從她張開眼睛到清醒的短暫剎那，她發自內心的希望這一切都是夢，但這縷希望很快就被粗暴地把她拉起的男人粉碎了。

她來不及整理儀容，更沒有機會梳洗，跳進海裡時穿的制服發出海水的臭味。

一個男人坐在陽子身旁，馬夫拉著韁繩駕著馬車。陽子看著眼前的一切，突然很想泡個澡。她想把身體沉在裝滿水的浴缸裡，用香噴噴的肥皂洗身體，換上新的內衣褲和睡衣，躺在自己的床上睡覺。

醒來之後，吃完母親準備的早餐去上學。和同學打招呼後，聊一些無足輕重的事。對了，化學作業還有一半沒寫完，向圖書館借的書也快到期了。昨晚錯過了每集必看的連續劇，希望母親記得錄下來。

她越想越覺得空虛，淚水撲簌簌地流了下來。她急忙低下頭想要捂住臉，但雙手被反綁在身後，所以無法如願。

——妳還是死了這條心吧。

她不相信這句話，景麒也沒有說，無法回去原來的世界。

不可能一直都這樣。此刻的她沒有換衣服，也無法洗臉，像犯人一樣被綁起來，坐在馬車上。雖然陽子不像聖人那麼善良，但也不是罪大惡極的壞人，必須受到這種懲罰。

她看著大門在頭頂上向後退，用臉頰蹭著肩膀，擦掉了臉上的淚水。坐在她身旁那個三十歲左右的男人胸前抱著一個布袋，淡淡地看著眼前的景象。

「請問……要去哪裡？」

陽子誠惶誠恐地問，男人用狐疑的眼神看著她。

「妳會說話？」

「對……等一下要去哪裡？」

「哪裡？當然是縣府啊，要帶妳去見縣長。」

「之後會怎麼處置？會開庭審判之類的嗎？」

她始終覺得自己被當成了罪人。

「在分辨出妳是好海客還是壞海客之前，應該會先把妳關在某個地方吧。」

聽到男人冷漠的回答，陽子忍不住偏著頭納悶。

「好海客和壞海客？」

「對啊，如果妳是好海客，就會找一個適當的監護人，讓妳住在適當的地方。如果是壞海客，那就會關起來，或是判死刑。」

陽子忍不住把身體縮了起來，冷汗流過背脊。

「……死刑？」

「壞海客會導致國家滅亡，如果妳是凶兆，就會人頭落地。」

「凶兆？」

「海客有時候會帶來戰亂和災害，遇到這種情況，如果不趕快處死，國家就會滅亡。」

「要怎麼分辨？」

男人臉上露出淡淡的冷笑。

「只要關一陣子就知道了。如果妳來之後發生了壞事，就代表妳是凶兆。不過——」男人用警戒的眼神看著陽子。「妳應該會帶來壞事。」

「……怎麼會？」

「妳出現時的那個蝕——妳知道有多少農田被淤泥淹沒了嗎？配浪今年的收成全都泡湯了。」

陽子閉上了眼睛，終於恍然大悟，難怪自己被當成罪人，對村民來說，陽子已經是凶兆了。

她深深地感到害怕。死亡很可怕，被處死更加可怕。死在這種異鄉，不會有人為她感到惋惜，也不會有人為自己流淚，甚至連屍體也無法回家。

——為什麼會淪落至此？

陽子無法相信這就是自己的命運。前天，她像往常一樣走出家門，只對母親說了聲：「我去上學了。」這一天應該像往常一樣開始，也像往常一樣結束，到底在哪一步出了差錯？

難道不該上前和那些村民說話？還是應該一直留在懸崖那裡？或是不應該和帶陽子來這裡的那些人走失——或者說，根本不應該跟他們來這裡？

但是，陽子根本沒有選擇的餘地。景麒說，如果她拒絕，會把她強行帶走。況且，被怪獸追趕時，陽子必須保護自己的生命安全。

她覺得自己好像掉入了陷阱。在看似稀鬆平常的那天早晨，她已經落入了陷阱，隨著時間的流逝，她越陷越深，當她覺得不對勁時，已經無法脫身了。

——我必須逃走。

陽子焦急不已，忍不住想要反抗，但她拚命克制。這次不容許有絲毫失敗。一旦失敗，不知道會受到怎樣的懲罰，必須伺機擺脫眼前的困境。

陽子飛快地思考，也許這是她有生以來，第一次用這麼快的速度思考。

「……還有多久到縣府？」

「馬車的話，差不多半天吧。」

陽子抬頭仰望著天空。頭頂上是一片宛如颱風過後的蔚藍天空，太陽高高掛在頭頂，必須在太陽下山之前找到機會逃跑。雖然她不知道縣府是什麼地方，但一定比在馬車上更難逃脫。

「我的東西呢？」

男人用懷疑的眼神看著陽子。

「海客身上的東西都要上交，這是規定。」

「劍也是？」

男人露出更訝異的表情，不難看出他產生了警戒心。

「……你為什麼要問這些？」

「因為那是很重要的東西。」

她在背後輕輕握著手。

「因為抓住我的那個男人似乎很想要那把劍，我猜想會不會被他偷了。」

男人用鼻子哼了一聲。

「無聊，他交上來了。」

「是嗎？雖然那是裝飾品，但很昂貴。」

男人看著陽子的臉，然後打開腿上的布袋。布袋內反射出明亮的光，陽子看到了寶劍。

「這是裝飾品嗎？」

「對。」

陽子看到寶劍就在身邊，暗自鬆了一口氣，注視著男人。男人握著劍柄。陽子在內心祈禱，希望不要被他拔出來。在農田裡遇見的男人拔不出來，景麒說，這是陽子專屬的劍，所以，她猜想除了自己以外，別人拔不出這把劍，卻沒有把握。

男人用力一拔，但劍柄牢牢黏著劍鞘。

「哼，原來真的只是裝飾品。」

「請你還給我。」

陽子央求，男人臉上露出冷笑說：

「規定要上交，而且若是妳的人頭落地，就根本用不到吧？就算想要欣賞，也沒命欣賞了。」

陽子咬著嘴脣。如果沒有繩子綁著，就可以奪回寶劍，她期待冗祐會出手救她，但即使她用盡力氣，繩子也沒有被扯斷，可見自己並沒有因此變得力大無比。

她四處張望，想要割斷繩子、奪回寶劍，這時，她在流逝的風景中，發現了金色的光。

馬車正準備駛入山路，陽子在一片整齊地種了不知道什麼樹木的昏暗樹林中，發現了熟悉的金色，忍不住張大了眼睛，同時皮膚感受到冗祐蠕動的動靜。

樹林中有人。她看到了一頭金色長髮、白淨的臉，和像是和服般的長衣。

——景麒。

陽子在心裡默唸的同時，在腦海中聽到一個不是自己的聲音。

——台輔。

6

「停車！」

陽子從馬車上探出身體大喊。

「景麒！救命！」

男人抓著陽子的肩膀，按住了她。
「妳想幹什麼？」
陽子回頭看著男人。
「停下馬車，我朋友在那裡！」
「這裡不可能有妳的朋友。」
「真的有！景麒在那裡！拜託你停車！」
馬車放慢了速度。
回頭一看，金色的光已經遠離，但是，她的確看到那裡有一個人，旁邊還有另一個人，那個人頭戴深色的布巾，好像死神一樣，而且，身後還跟著幾隻怪獸。
「景麒！」
陽子探出身體大叫著，男人用力把她的肩膀拉回來，她跌坐在馬車上。當她再度抬頭時，金光已經不見了。她仍然可以看到景麒剛才出現的位置，但剛才站在那裡的人已經不見了。
「景麒！」
「別胡鬧了。」
男人粗暴地把陽子拉了回來。

「哪裡有什麼人？別想用這種詭計騙人，我不會上當的。」

「真的有人！」

「吵死了！」

男人大聲咆哮，陽子嚇得瑟縮起來。她坐在馬車上，心有不甘地看向剛才的方向，那裡已經不見人影。

——為什麼？

她覺得看到景麒時，聽到的應該是冗祐發出的聲音。那一定是景麒，而且還看到了怪獸的身影。原來景麒他們平安無事。

——既然這樣，為什麼不來救我？

陽子思緒混亂，四處尋找著，希望可以再度找到剛才的金光。

就在這時，剛才的那片樹林中傳來聲音。

陽子看向聲音的方向，身旁的男人也把頭轉向那個方向。

那是嬰兒的哭泣聲。不知道哪裡傳來嬰兒斷斷續續的哭泣聲。

「喂……」

男人指向哭聲傳來的方向，叫著始終不發一語地駕著馬車的車夫。車夫瞥了陽子他們一眼，用力抓緊韁繩，馬加快了速度。

「有小孩子……」

「別管閒事。山裡有小孩子的聲音，最好別靠近。」

「但是……」

嬰兒好像火燒屁股般大哭起來，急迫的聲音似乎不容別人忽略。男人從馬車上探出身體，想要尋找聲音傳來的方向，車夫厲聲說道：

「別理會，聽說山裡吃人的妖魔會發出嬰兒的聲音。」

聽到「妖魔」這兩個字，陽子的背脊緊張起來。

男人一臉難以接受的表情，看了看樹林，又看了看車夫。車夫一臉嚴肅地扯著韁繩，馬車開始搖搖晃晃地衝上被兩側樹林遮蔽的坡道。

有那麼一剎那，陽子以為這是景麒為了救援自己所發出的聲音，但她強烈地感受到冗祐的存在，全身因為害怕而緊張，無法感受可能得救的喜悅。

嗚啊啊。嬰兒的哭聲就在附近響起，顯然已經越來越靠近。這時，另一個方向也傳來了哭聲，似乎在彼此呼應。不一會兒，四處都響起了哭聲，坡道上，嬰兒的哭聲此起彼落，包圍了馬車。

「呃……」

男人緊張地左顧右盼。馬車疾馳，但哭聲越來越近。那不是嬰兒，也不可能是小孩子。陽子扭著身體。她的心跳加速，有什麼東西充滿了她的身體。那不是冗祐的動靜，而是自體內發出像海浪般聲音的東西。

「幫我把繩子解開！」

男人張大眼睛看了陽子一眼，搖了搖頭。

「如果遭到攻擊，你有方法可以保護自己嗎？」

男人驚慌失措地搖頭。

「幫我把繩子解開，然後把劍給我。」

馬車周圍的聲音漸漸縮小了半徑。馬在坡道上奔馳，車子彈跳了好幾下，似乎要把車上的人摔下來。

「快一點！」

陽子大吼一聲，男人好像被推了一把，身體動了一下。就在這時，陽子感受到一股強烈的衝擊。

當她發現自己被重重地摔到地上後，才終於明白是馬車翻倒了。她等到無法喘息和反胃的感覺過去後，張開眼睛一看，發覺馬和馬車都倒在地上。

倒在附近的男人甩著頭爬了起來，但他緊緊抱著布袋，嬰兒的哭聲已經來到樹林的邊緣。

「拜託你！幫我把繩子解開！」

她在叫喊的同時，聽到馬發出悲痛的嘶叫聲。她慌忙轉頭一看，發現一隻黑色大狗正撲向其中一匹馬。大狗的下顎很發達，張嘴的時候，整張臉好像裂成了兩半。狗的白色鼻子在轉眼之間就染紅了，兩個男人發出慘叫聲。

「解開繩子，把劍給我！」

男人似乎已經聽不到陽子的聲音，他慌慌張張地站了起來，緊緊抱著布袋，一隻手在半空中胡亂揮動著，沿著坡道往下奔跑。

幾頭黑色怪獸從樹林中衝了出來，撲向他的背影。

男人的身影和黑色怪獸的身影交錯，怪獸跳到地上，只剩男人呆立在那裡。

——不，他並不是呆立在那裡，男人的頭和一隻手已經不見，他的身體在轉眼之間就倒在地上，鮮血像噴泉一樣噴了出來，在半空中描繪出軌跡、在周圍灑下一片紅色血水。馬在陽子身後高聲嘶鳴。

陽子把身體靠向馬車，有什麼東西碰了碰她的肩膀，她驚嚇地回頭一看，原來是馬車夫。

他抓住陽子被反綁在身後的手，陽子看到他手上拿著小刀。

「快逃，可以趁現在從牠們身旁溜過去。」

說完，車夫站了起來。剛才綁住陽子的繩子鬆開了。

車夫把陽子拉了起來，把她推向坡道下方。那群狗正在坡道上方圍著馬匹，下方有另一群狗圍著倒地的男人。男人掉落在不遠處的頭顱，正看著聚集在自己身上的黑色怪獸。

陽子被突然出現在眼前的殺戮場面嚇得魂飛魄散，但鬆綁的身體已經做好了戰鬥的準備。她不停地撿起手邊的石頭。

——這種小石頭有什麼用？

陽子直起身體跑向坡道下方。怪獸群發出嘎滋嘎滋的可怕聲音，男人的腳隨著這些聲音搖晃著。她用眼睛計算著怪獸的數量。一、二……五、六。

陽子慢慢接近獸群。嬰兒的哭聲已經停止，只聽得到啃食骨肉的聲音。

這時，一隻狗抬起了頭，原本白色的鼻子已經染成鮮紅。這隻狗似乎通知了牠的同夥，其他狗也紛紛抬起了頭。

——怎麼辦？

陽子的身體奔跑起來，小石頭命中最初飛奔過來的狗的鼻子。狗當然不可能被小石頭打倒，只能讓牠的腳步停頓剎那。

——根本沒用。

獸群散開後，只剩下男人支離破碎的身體。

我會像那個男人一樣被吃掉，被牠們的下顎和利齒咬開、撕裂，變成肉塊，最後連這些肉塊也被啃得精光。

——我會死在這裡。

陽子在絕望之際，仍然不停地用小石頭丟向狗群，不顧一切地拔腿狂奔。冗祐已經開始行動，陽子無法阻止，只能集中注意力，盡可能不妨礙冗祐的行動，她一心祈禱自己在死之前，不會感覺到疼痛。

陽子奔跑時，雙手、雙腳和後背，不斷感受到撞擊和隱隱作痛的感覺。

她回頭看向身後，想要尋求救援，看到車夫胡亂揮著小刀奔跑著。他跑向和陽子相反方向的樹林，當他撥開草叢時，有什麼東西把他的身體拉進了樹後。

他為什麼會跑去那個方向？陽子不由得心生疑問，立刻意識到自己被車夫當成了誘餌。他一定打算趁逃跑的陽子遭到攻擊時，自己逃進樹林中。男人的計謀失敗了。他遭到攻擊，但陽子也不可能逃過此劫。

陽子手上的石頭已經丟完了，離不成人形的男人屍體只剩下三步的距離。

她空著的手打向從右側撲來的那隻狗的鼻子，她感到腳踝被猛然抓住，身體差一點被撈了起來，她身體前傾，幸運地逃開了。背後感受到沉重的衝擊，她繼續往前衝，順利地閃避，結果頭部衝向男人的屍體。
——不要。
她無法發出慘叫。心臟極度麻痺，只湧起淡淡的嫌惡。
她站了起來，轉向背後準備迎戰。雖然她不認為自己的眼神可以嚇退那隻怪獸，沒想到那隻狗壓低了頭，正在伺機進攻，但這種狀態不可能持續太久。
陽子右手摸著屍體，在趴在地上的男人肉塊下摸索著。
她的眼前浮現出這個男人在轉眼之間變成屍體的樣子。時間不多了。只要怪獸下定決心，會在一眨眼的工夫就決定勝負。
她的指尖碰到了堅硬的東西。
陽子覺得劍柄飛到自己手上。
——啊……啊啊。
她抓到了救命繩。她想連同劍鞘一起從男人的身體下方拔出來，但只拉出一半，就卡在那裡不動了。她想起那個女人曾經叮嚀，劍和劍鞘不能分離，但是……
陽子遲疑起來，但隨即想到現在沒有時間遲疑，她下定決心把劍抽了出來，用劍的前端砍斷了綁著玉珠的繩子，把玉珠握在手上。就在這時，狗有了動靜。
她的視線捕捉到這一幕，立刻舉起右手，揮下白劍。

「啊啊——啊啊啊！」

喉嚨深處發出無法成語的吶喊。

她左右開弓，砍向撲來的狗群，然後沿著清出來的縫隙衝了出去。怪獸在身後追趕，她再度砍退牠們，全速逃離現場。

7

陽子倚著粗大的樹幹坐在地上。

她衝下坡道，中途跑進山裡，直到跑不動時，才終於在這裡停下腳步。

她舉起手臂想要擦汗，發現制服沾滿了血，變得又溼又重。她皺著眉頭，脫下了上衣，用脫下的水手服拭劍，然後把劍的前端拿到眼前。

以前上日本史時，老師曾經說，日本刀最多只能砍幾個人而已，因為刀鋒會變鈍，再加上黏了血脂的關係，所以會變得不夠利。原本以為這把劍損傷會很嚴重，沒想到用布輕輕一擦，立刻光亮如新。

「……太奇妙了。」

這把奇妙的劍只有自己能夠拔出來。第一次拿在手上時，覺得很沉重，但丟掉劍鞘後，整把劍頓時輕盈無比。

陽子用脫下的衣服包起恢復銳利光芒的劍身，然後抱在手上，慢慢調整呼吸。

她把劍鞘留在那裡了，是不是該回去拿？

雖然那個女人叮囑她，不能讓劍和劍鞘分開，是因為劍鞘也有某種意義嗎？還是因為劍鞘上有玉珠？

汗水乾了之後，就覺得只穿著原本穿在制服內的T恤太冷了，但她不願意再穿上已經弄髒的上衣。當心情平靜後，發現全身痠痛，雙手和雙腳都傷痕累累。

T恤的袖子上有好幾個獠牙咬過的痕跡，下面滲著血，在白色T恤上留下斑駁的紅色。裙子被扯破了，裙子下的雙腿也有無數傷痕。大部分傷口還流著血，但和那個男人在轉眼之間就被獠牙咬死的慘狀相比，應該只能算是輕傷。

太奇怪了。無論怎麼想，自己都不可能只受這點輕傷。她想起在教師辦公室，玻璃窗戶的玻璃碎裂時，周圍的老師都身受重傷，只有她毫髮無傷。從怪獸的背上掉落時，明明是從高空墜落，卻只有擦傷而已。

雖然她覺得很奇怪，但想到自己連外形也變了，就覺得似乎不需要為這種事煩惱。

陽子終於鬆了一口氣，嘆息般的呼吸幾次後，發現自己的左手一直緊緊握著。她鬆開緊握的手掌，出現一顆青色玉珠。她再度握緊，感覺到疼痛漸漸消失。

她握著玉珠昏昏沉沉睡了片刻，當她醒來時，發現身上的傷口已經全乾了。

「……太奇妙了。」

持續侵蝕身體的疼痛消失了，疲勞也漸漸消失。陽子很慶幸有這顆玉珠，覺得的確不能失去。

一定是因為劍鞘上綁了這顆玉珠，所以女人才會叮嚀不能遺失劍鞘。

她從制服上解下領巾，用劍割成細條，再把細條用力擰在一起，串起玉珠後，掛在脖子上，長度剛好。

把珠子掛在脖子上後，她巡視四周。目前身處通往斜坡的樹林中，太陽慢慢下山，薄暮開始籠罩枝頭。她不確定自己目前的方位，也不知道接下來該怎麼辦。

「……冗祐。」

她將意識集中在背後叫了一聲，但沒有任何應答。

「拜託你說句話嘛。」

還是沒有回答。

「接下來該怎麼辦？我該去哪裡？該做什麼？」

周圍完全沒有聽到任何回答的聲音。冗祐不可能不在，但即使陽子把意識集中在自己身體上，仍然無法感受到冗祐的存在。枝葉摩擦傳來的沙沙聲，反而更襯托了周圍的寂靜。

「我連左右都分不清了。」

陽子繼續無助地自言自語。

「我對這裡一無所知，到底該怎麼辦才好呢？去人多的地方會被抓走，這次再被抓，恐怕小命就不保了吧？如果在沒有人煙的地方逃命，最後會得救嗎？還是哪裡有一道門，只要找到那道門，打開之後，就可以回家？應該不可能吧。」

暮色急速籠罩了樹林，她不知道去哪裡找照明，也不知道今晚要睡在哪裡。這裡既沒有吃的，也沒有喝的。有人的地方太危險，無法靠近，但一直在沒有人煙的地方漫無目的地徘徊更可怕。

「到底想要我怎麼樣嘛！至少該告訴我，我接下來該怎麼做啊！」

還是沒有回答。

「現在到底是怎麼回事？景麒他們怎麼了？剛才是景麒吧？他為什麼又走了？為什麼不來救我？你告訴我，到底是為什麼！」

只有窸窸窣窣的樹葉摩擦聲傳入耳朵。

「拜託你說幾句話嘛……」

她的淚水流了下來。

「……我想回家。」

她並不喜歡原來生活的那個世界，但一旦離開那個世界，就不禁因為思念而流下淚水。如果還能回去，她願意做任何事，回去之後，再也不願離開。

「我……好想回家。」

她像小孩子般抽抽答答地哭著，突然想到一件事。

她順利逃了出來。既沒有被送去縣府，也沒有被那些怪獸吃掉，此刻坐在這裡，抱著自己的雙腿。

這真的只是僥倖嗎？

——如果只是怕痛……

她甩著頭，努力擺脫腦海中浮現的想法。她害怕繼續想下去，一定比任何話語都更有說服力。陽子緊緊抱著自己的腿。

這時，她突然聽見一個聲音。

一個像是老人發出的尖銳聲音，笑著說出了陽子努力不願意繼續想下去的話。

「如果只是怕痛，反正一下子就結束了。」

陽子環顧四周，她的右手已經握著劍柄。樹林換上了夜晚的面貌，只能勉強分辨樹幹和地上雜草的高度。

在距離陽子所坐的地方兩公尺處的樹林中，出現了微弱的光，雜草叢中，有一對發出淡藍色燐光的東西正在窺視她。

陽子發現之後，微微倒吸了一口氣。

那是一隻猴子，身上的毛皮像鬼火般發出光亮。從高高的雜草中探出頭，看向陽子的方向，露出牙齦嘲笑著她。

猴子發出刺耳的聲音嘎嘎笑著。

「被吃掉的話，一眨眼的工夫就結束了。」

陽子從用來包裹的制服中拔出劍。

「……你是誰？」

猴子笑得更大聲了。

「我就是我啊，妳這個蠢姑娘，為什麼要逃呢？如果剛才被吃掉，就不必這麼痛苦了。」

陽子舉起了劍。
「你、是誰？」
「不是說了嗎？我就是我，是妳的朋友。我好心想要告訴妳一件好事。」
「……好事？」
千萬不能輕易相信猴子說的話。冗祐沒有緊張的動靜，可見並不是敵人，但從猴子奇怪的外表來看，顯然不是正常的動物。
「妳回不去了。」
聽到猴子說得這麼乾脆，陽子狠狠地瞪著雙眼說：
「你給我閉嘴！」
「妳回不去了，絕對不可能。況且根本就沒有回去的方法——要不要我告訴妳更好的事？」
「我不想聽。」
「我說了可以告訴妳啊。妳被騙了。」
猴子嘎嘎嘎地大笑起來。
「被騙……了？」
陽子好像被人澆了一盆冷水。

「真是個蠢姑娘啊。妳中了別人設下的圈套。」
陽子倒吸了一口氣。
——圈套。
景麒？景麒的圈套！
她握著劍柄的手發抖，但想不到該怎麼反駁。
「妳自己是不是也有這種感覺？妳中了被帶來這裡，再也無法回去那裡的圈套。」
尖銳的聲音刺入陽子的耳朵。
「別說了！」
她不顧一切地揮著劍，草屑飛舞，發出沉悶的乾澀聲音。陽子靠自己的力量胡亂舞動的劍無法命中猴子。
「即使妳捂住耳朵，也無法改變事實，正因為妳把這東西當成寶貝，整天甩來甩去，所以才會死不了。」
「別說了！」
「既然有這麼好的東西，就應該用在更好的地方嘛——就用它割自己的脖子嘛。」
猴子仰天嘎嘎嘎地大笑起來。
「閉嘴！」

她伸手揮劍，但猴子已經跳開了，在不遠處伸出脖子探頭看著她。

「妳聽我說，如果妳殺了我，如果沒有了我，妳連個說話的對象也沒有。」

陽子驚訝地張大了眼睛。

「我做錯了什麼嗎？我只是好心陪妳說話啊。」

陽子咬緊牙關，用力閉上眼睛。

「真可憐啊，居然被帶到這種地方。」

「……我該怎麼辦？」

「妳什麼都做不了。」

「……我不想死。」

死亡未免太可怕了。

「悉聽尊便，反正我也不希望妳死。」

「我該去哪裡？」

「去哪裡都一樣，因為不管是人類還是妖魔，都在追殺妳。」

陽子掩面哭了起來。

「趁還能哭的時候盡情哭吧，不久之後，妳連眼淚也會乾涸。」

猴子又嘎嘎嘎地放聲大笑。陽子聽到笑聲漸漸遠去，抬起了頭。

「——等一下！」

她不希望一個人被丟在這裡，即使是來路不明的對象，也勝過獨自一人在這裡，連說話的對象也沒有。

但是，當她抬起頭時，剛才的猴子已經不見蹤影，漆黑的黑暗中，只聽到尖笑聲漸漸遠去、迴盪。

8

——如果只是怕痛，反正一下子就結束了。

這句話重重地沉入胸膛，她無論如何都無法忘記。

陽子一次又一次看著放在腿上的劍。劍身淡淡地反射著若有若無的光，堅硬而冰冷地橫在腿上。

——如果只是怕痛……

她停止繼續思考。然而，即使她甩甩頭，擺脫這種想法，不久之後，這個想法卻再度回到腦海。

陽子進退維谷，只能注視著劍身。

不一會兒，劍身上發出微弱的光，她睜大了眼睛。

白色的劍身漸漸浮現在黑夜中，她拿在手上端詳著。劍身發出銳利光芒，兩刃之間差不多有中指那麼長，劍刃上躍動著奇妙的顏色，陽子忍不住定睛細看。

她立刻發現劍刃上映照的影子，她以為是自己的臉，但很快發現並非如此。劍刃上的確映照了影子，但那不是陽子的臉。她把劍身拿到面前，仔細端詳後，發現是人影。那個人影在走動。

她聽到尖銳的水滴聲。這種在洞窟內，有水滴滴落水面的聲音很熟悉。當她凝神細看時，劍刃上的人影越來越清晰，就好像泛著漣漪的水面隨著水滴聲漸漸平靜，影像也越來越清楚。

是一個人。是女人。在某個房間走動。

看到這裡，陽子熱淚盈眶。

「……媽媽。」

劍刃上出現的是母親，那是陽子的房間。

白底象牙白圖案的壁紙、小碎花圖案的窗簾、拼布床罩、架子上的絨毛娃娃和書桌上的《漫長冬季》。

母親在房間內踱步，不時撫摸著房間內的東西。她拿起書，輕輕翻閱幾頁，打開書桌的抽屜察看，不一會兒，又坐在床上嘆息。

（媽媽……）

母親似乎憔悴了許多，黯淡的臉色令陽子感到心痛。

母親一定在為陽子擔心。離開那個世界已經兩天了，陽子向來在晚餐時間之前回家，也從來沒有未告知去處就出門。

母親撫摸了房間內所有的東西後，坐在床上，拿起放在牆邊的絨毛娃娃輕輕拍了拍，然後撫摸著娃娃，無聲地哭泣。

「媽媽！」

這一切宛如發生在眼前，陽子忍不住叫了起來。

在她發出叫聲的同時，眼前的景象消失了。她猛然回過神定睛細看，只看到一把劍，失去了光芒的劍刃上沒有任何影子，水滴聲也停止了。

「——怎麼回事？」

剛才到底是怎麼回事？看起來好真實。

陽子再度把劍放在眼前，但即使盯著劍刃細看，也看不到影子，更聽不到水聲……水滴聲。

陽子突然想了起來。

那是在夢中也曾經聽到的聲音。在那個持續作了一個月的夢境中，每次都有尖銳的水滴聲。那個夢境變成了現實——所以，剛才看到的幻影是？

即使絞盡腦汁，也想不通是怎麼一回事。陽子搖了搖頭，看到母親的身影後，她迫不及待地想要回家。

陽子看向猴子消失的方向。

回不去了。圈套。一旦承認，就會喪失所有的希望。

這不是圈套，剛才景麒沒有救陽子，也不是棄陽子不顧，其中一定有某種原因。

——不，剛才並沒有看清楚，也許陽子認錯了，誤以為那是景麒。

「一定就是這樣。」

那個人很像景麒，但並不是景麒。這裡的人頭髮顏色五花八門，剛才看到金髮，以為是景麒，但其實並沒有看清楚那個人的相貌。陽子仔細想了一想，發現剛才看到的人似乎比景麒矮了一些。

「沒錯，就是這樣。」

那不是景麒，景麒不可能棄陽子不顧，所以，只要找到景麒，就一定可以回家。

她緊緊握著劍柄時，突然感受到有什麼東西爬過背脊。

「冗祐？」

她的身體不由自主地站了起來，解開上衣，拿起劍，做好了戰鬥的準備。

「……怎麼了？」

明知不會聽到回答，但陽子還是問了一句，之後觀察四周。她的心跳加速，前方響起撥開草叢的聲音。

——有誰過來了。

接著，就聽到了低吼聲。那是狗發出的威嚇聲。

——是剛才那些傢伙。

是攻擊馬車的那些狗嗎？

無論如何，這裡太暗，不利於作戰。陽子想到這裡，往背後看了一眼，隨後輕輕踏出一步，準備前往比較亮的地方，背脊上蠕動的感覺推了她一把，她拔腿跑了起來。就在同時，背後傳來巨大的東西撥開草叢衝來的聲音。

陽子在黑暗的樹林中奔跑。追兵似乎不夠靈活，所以雖然奔跑的速度很快，卻遲遲無法追上她。

陽子聽到追兵時左時右地在樹幹之間奔跑，還不時聽見撞到樹幹的聲音。

她跑向光亮的方向，終於衝出了樹林。

那是半山腰一個像平臺般突出的地方，周圍並沒有樹木，在皎潔的月光下，可以看到眼下是一片連綿的山脈。周圍不是平地，她忍不住咂了一下嘴，看向後方，再度充滿警戒。隨著一聲巨大的聲響，一個高大的影子衝了出來。

怪獸長得很像牛，全身長滿長毛，隨著呼吸，全身的長毛都豎了起來，用宛如狗吠般的聲音低吼著。

陽子既不驚訝，也沒有恐懼，雖然心跳加速，呼吸也好像在灼燒喉嚨，但她對異形怪獸的恐懼已經漸漸淡薄。她將注意力集中在冗祐身上，體內發出海浪般的聲音，她氣定神閒地想，最好不要有太多血濺到身上。

月亮不知道什麼時候高掛在天空，劍刃在清澈的白光照射下，看起來更加蒼白。白色的劍刃被黑夜染黑，只揮動了三下，巨大的怪獸就倒地不起。陽子走上前給予致命一擊時，看到周圍樹林的黑暗中，有無數雙紅色發光的眼睛。

陽子尋找明亮的地方趕路，不時和發動攻擊的妖魔對戰。

在漫長的黑夜中數度遭到襲擊後，她意識到妖魔果然都是在夜間出沒。雖然還不至於連續不斷地遭到攻擊，但即使借助了玉珠的力量，疲勞還是不斷累積。當她在黎明時分來到沒有人煙的山路時，即使把劍插在地上代替拐杖走路，步伐還是越來越沉重。

在天亮的同時，妖魔襲擊的間隔也越來越長，朝陽出現後，攻擊完全停止。陽子很想在路旁倒頭大睡，但如果被人類發現就太危險了。她拖著疲憊的手腳，爬進路旁的樹林中，在離山路不遠也不近的地方找到一處柔軟的草叢，立刻抱著劍昏睡過去。

第三章

1

她在將近傍晚時分醒來，漫無目的地繼續走著，入夜之後，持續和妖魔奮戰。她每天睡在草叢中，只能靠少得可憐的果實充飢。三天的時間過去了。

她太疲勞了，在任何地方都可以倒頭就睡，只是仍然無法消除飢餓。只要握著玉珠，似乎不會餓死，但並無法讓轆轆飢腸有飽足的感覺，陽子覺得胃裡好像養了無數隻會啃食自己身體的蟲子。

第四天，她終於不想再繼續漫無目的地走下去。

希望可以遇見什麼——雖然陽子也不知道到底是什麼——她抱著一絲期待連續走了幾天，但不得不承認，繼續這樣走下去，也不會有任何進展。

必須趕快尋找景麒的下落。想要找人，就必須去人多的地方，可是一旦被人發現自己是海客，就會再度被抓起來，發生和之前相同的情況。

先要去找件衣服。只要改變衣著打扮，也許別人不會發現自己是海客。

問題是要去哪裡找衣服。

陽子不知道這裡使用什麼貨幣，但她身無分文，不可能買衣服，於是，剩下的方法就很有限。除了用劍威脅他人搶劫以外，就只能偷竊了。

雖然她早就注意到衣著的問題，但她沒有勇氣偷竊，只是漫無目的地在山裡走了四天之後，才終於下定決心。

陽子必須活下去，況且並不是要殺人，把屍體身上的衣服扒下來。繼續猶豫下去，遲早會出問題。

陽子躲在粗大的樹幹後，看著不遠處的一個小村莊。看似窮苦人家的房子聚集在山谷中，太陽高掛在天空，遠處的農田中有不少人影。住在那些房子裡的人應該正在農田裡幹活。

她下定決心後，慢慢走出樹林，走向村莊內最靠近樹林的那棟房子。房子沒有圍牆，周圍有好幾塊不大的農田。黑瓦屋頂，白色土牆有一半已經剝落。牆上有看似窗戶的空洞，並沒有裝玻璃，只有像百葉窗般的木窗板，但都敞開著。陽子小心翼翼地觀察周圍後，靠近那棟房子。雖然她現在看到任何妖怪都不會發抖，但此刻不得不咬緊牙關，因為她的牙齒不停地打顫。

她從窗戶悄悄向內張望，看到裡面泥土地的房間內有一個爐灶和一張桌子，似乎是廚房兼飯廳。屋內沒有人影，她豎起耳朵，也沒有聽到動靜。

她沿著牆邊躡手躡腳地走過去，看到水井旁有一道木門，用手一拉，木門一下子就打開了。

陽子屏住呼吸，看向屋內，終於確認屋內沒有人。她輕輕吐了一口氣，走進屋內。

泥土地房間差不多三坪大，雖然很簡陋，但有「家」的味道。四周是牆壁，有家具、有生活用品，光是這些東西，就讓她想家想到快要哭出來。

她看到這個房間內只有幾個架子，於是繼續走進唯一的一道門。輕輕打開一看，發現裡面是臥室。房間的兩個角落各放了一張睡床，看起來比之前在牢房內的稍微好一點，除此以外，還有櫃子、小桌，另外有一個大木箱。這個家似乎只有這兩個房間。

她確認窗戶敞開後，走進房間內，關上了門。她先檢查了櫃子，確認裡面沒什麼東西，才打開木箱的蓋子。

裡面放了很多布料，但並沒有衣服。她巡視房間，找不到其他放衣服的家具，她猜想一定在這堆布料中，就從上到下開始翻找。

她把整個箱子裡的東西都清空了，發現裡面只有幾個放了雜物的小盒子，還有床單、薄被，和陽子根本穿不下的兒童衣物。

不可能沒有衣服。她再度打量房間時，聽到隔壁房間傳來開門的聲音。

陽子跳了起來，心跳加速。她瞥了一眼窗戶的方向，但覺得很遙遠，似乎不可能在門外的人沒有察覺的情況下走到窗邊。

——不要進來。

隔壁房間傳來輕盈的腳步聲，臥室的門突然打開了。陽子愣住了，呆立在箱子前散亂的布堆中。她下意識地想要去拿劍柄，但停下了手。

她為了生存而進屋偷竊，因為失風惱羞成怒。拔劍威脅對方固然簡單，但如果對方不感到害怕，就必須揮劍攻擊對方。她無法對人類揮劍。也許這就是她的宿命。陽子在這場為了生存的賭局中落敗了。

——如果只是怕痛，反正一下子就結束了。

女人走進臥室，像痙攣般地發著抖，杵在那裡。剛邁入中年的女人個子很高大。

陽子並不想逃，她默不作聲地站在那裡，感覺到自己的心情漸漸平靜。一旦被抓，就會被送去縣府，在那裡接受應有的刑罰。如果一切因此結束，就終於可以忘記飢餓和疲勞。

女人看了看陽子，又看了看她腳下的那堆布，用顫抖的聲音說：

「我家沒有值得偷的東西。」

陽子等待著女人發出叫喊。

「……還是妳在找衣服？妳想要衣服嗎？」

陽子手足無措，只是默然不語。女人似乎認為她的態度是表示肯定的意思，便走進了臥室。

「衣服在這裡。」

她走過陽子身旁，走向睡床。她在睡床前跪了下來，捲起床上的被子後，打開下方的抽屜。

「那個箱子裡都是一些不用的東西，像是死去的孩子生前的衣服。」

她在說話的同時打開抽屜，從裡面把衣服拿了出來。

「妳想要什麼衣服？雖然這裡只有我的衣服而已。」

女人回頭看著陽子，陽子張大了眼睛。女人看到她沒有回答，攤開了手上的衣服。

「如果我女兒還活著就好了，這些衣服都太老氣了吧？」

「……為什麼？」

陽子輕聲問道。

為什麼這個女人沒有叫喊？她為什麼沒有逃走？

「為什麼？」

女人回頭看著她，但陽子不知道接下來該說什麼。女人略微緊張的臉上露出笑容，繼續找衣服。

「妳是從配浪來的吧？」

「……對。」

「外面鬧得沸沸揚揚，聽說有海客逃走了。」

陽子沒有說話，女人苦笑起來。

「這裡有很多人腦袋僵硬，說什麼海客會讓國家毀滅、會發生不好的事，甚至把蝕的現象也說成是海客引起的，簡直笑死人了。」

說完，她從上到下打量著陽子。

「……妳身上的血是怎麼回事？」

「在山裡，妖魔……」

她無法繼續說下去。

「喔，原來是被妖魔攻擊。最近有很多妖魔出沒，妳居然平安無事。」

女人說完，站了起來。

「妳先坐下吧，肚子餓不餓？有沒有好好吃東西？妳的臉色看起來很差。」

陽子搖了搖頭，情不自禁地低下頭。

「我去給妳準備吃的，妳用熱水洗個澡，然後再來考慮要穿什麼。」

女人急忙走回隔壁的房間，走到門口時，回頭看著仍然呆立在那裡的陽子。

「妳叫什麼名字？」

陽子想要回答，卻發不出聲音，淚水撲簌簌地流了下來，她蹲了下去。

「真可憐。」

女人說道，溫暖的手掌拍了拍陽子的背。

「真可憐，妳一定受了不少苦。」

陽子壓抑在內心的情緒一下子湧上心頭，嗚咽衝破了喉嚨，她像胎兒般縮成一團，放聲大哭。

2

「總之，先換上這件衣服吧？」

女人站在屏風後，遞給她一件白色衣服。

「妳今天要住在這裡吧？那就先換睡衣。」

陽子深深地鞠了一躬。

女人安慰哭成淚人兒的陽子，為她煮加了紅豆的甜粥，又在大盆子裡裝了熱水，讓她洗了澡。

折磨了她很長時間的飢餓終於消失，她用熱水洗了身體，穿上乾淨的睡衣後，似乎終於重新做回了人類。

「真的很感謝妳。」

陽子從剛才洗澡的屏風後方走了出來，再度對女人鞠了一躬。

「……對不起。」

陽子剛才打算偷她的東西。

陽子正視女人時，發現她的眼睛是綠色的。女人的一對碧眼露出親切的笑容。

「這點小事不足掛齒，妳先喝點熱的，喝了這個之後，今天晚上就好好睡一覺。我已經幫妳鋪好被子了。」

「對不起。」

「真的沒關係。對了，那個……不好意思，那把劍先交給我收好，看了心裡毛毛的。」

「好……對不起。」

「妳不需要道歉，對了，妳還沒有告訴我名字。」
「我叫中嶋陽子。」
「海客的名字果然不一樣，大家都叫我達姊。」
她在說話時，把茶杯遞給陽子，陽子接過茶杯時問：
「達姊？怎麼寫？」
女人用手指在桌子上寫了「達姊」兩個字。
「陽子，妳接下來有什麼打算嗎？」
陽子搖了搖頭。
「完全沒有……達姊，妳認識名叫景麒的人嗎？」
「景麒？我不認識——妳要找人嗎？」
「對。」
「他是哪裡人？巧國的人？」
「我只知道他是這裡的人。」
達姊苦笑起來。
「光靠這個線索很難找到，至少要知道他住在哪個國家的哪一帶。」
陽子低下了頭。

「我對這裡一無所知……」

「我想也是。」

達姊說完，放下了茶杯。

「這裡有十二個國家，這裡是十二個國家中位於東南方位的國家，名叫巧國。」

陽子點了點頭。

「太陽升起的方位是東方？」

「對，這裡位在巧國的東方，地名叫五曾。從這裡往北走十天左右，有一座高山，越過那座山，就是慶國。」

陽子看著達姊在桌上寫的字。

「從這裡一直往東走的海岸一帶叫配浪，沿著大路一直走，差不多要五天時間。」

原本完全不瞭解的狀況終於漸漸有了眉目，她終於覺得自己身處某個世界。

「巧國有多大？」

達姊為難地偏著頭。

「妳問我有多大，也不好回答。對了，從巧國的最東端走到最西端，要三個月。」

「……這麼久？」

陽子瞪大眼睛。雖然她無法正確衡量一天可以走多少路程，但至少知道是超乎自己想像的距離。

「那當然啊，畢竟也是一個國家啊。從南走到北，應該也差不多。去鄰國要越過山或是海，所以要花將近四個月的時間。」

「……然後有十二個國家……」

「對。」

陽子閉上眼睛，這才發現自己沒來由地把這裡想像成小人國的世界。在這麼大的地方，要怎麼找一個人？除了知道景麒這個名字以外，沒有任何線索，光是在這個世界走一圈，就要花四年時間。

「妳剛才說的那個叫景麒的，到底是什麼人？」

「……不知道，只知道他應該是這裡的人，是他帶我來這裡。」

「帶妳來這裡？」

「對。」

「喔，原來還有這種事。」

達姊露出感嘆的表情。

「這種情況很少見嗎？」

「是我孤陋寡聞吧。」

達姊苦笑著說。

「我對海客也不是很瞭解，而且也很少有機會見到。」

「……是嗎？」

「是啊——他應該不是普通人吧，因為他可以做我們這些普通人做不到的事。應該是神明、仙人或是妖人……」

陽子驚訝地看著達姊，達姊露出笑容。

「普通人根本沒辦法去你們的世界，或是把人帶來這裡。既然不是普通人，那不是神仙，就是妖魔啊。」

「我知道有妖魔……還有神明和仙人嗎？」

「有啊，雖然我們無緣接觸上面的世界，神明和仙人都住在上面，很少會下來凡間。」

「上面？」

「就是天上啊，雖然也有些仙人住在凡間，但君王和州侯都住在天上。」

陽子偏著頭納悶，達姊露出苦笑。

「每個州都有一個領主，這裡是淳州，所以稱淳侯。由王任命，治理整個淳州。州侯不是普通人，長生不老，具有神力。總之，是另一個世界的人。」

「所以景麒也是這種人嗎？」

「不知道。」達姊繼續露出苦笑。「至於仙人，就是那些國家的高官，還有王宮裡的人，就連在王宮打雜的人都是仙人。人類無法去天上，王宮在天上，所以在王宮的人都是仙人。君王是神，仙人由君王任命，除此以外，也有靠自己的力量得道成仙的人，這些人通常都拋棄了塵世。反正這些人和我們生活在另一個世界，當然也不可能遇到。」

陽子把達姊的話記在腦海中。如今聽到的任何知識都很重要。

「海裡有海龍王，治理海底世界，但不知道是真有其事還是童話故事。果真有龍國的話，那裡的人應該也不是普通人。除此以外，聽說有些妖魔也可以變成人形，所以稱為妖人。大部分只是和人類很像而已，但也有的看起來和普通人沒什麼兩樣。」

達姊說完，拿起陶瓷瓶，為陽子加了涼茶。

「聽說這個世界上有屬於妖魔的國家，只是不知是真是假。人和妖魔畢竟是生活在不同世界的生物。」

陽子低下了頭。雖然增加了很多知識，但狀況好像比之前更不明朗。

景麒不是人類，那他到底是誰？驃騎、芥瑚和那些奇妙的怪獸應該是妖魔吧？所以，景麒也是妖人嗎？

「請問……有沒有名叫驃騎、芥瑚或是冗祐的妖魔？」
達姊露出納悶的表情。
「……沒聽說過這些妖魔，妳為什麼會這麼問？」
「還有賓滿。」
達姊顯得有點驚訝。
「賓滿嗎？那是戰場和軍隊裡的妖魔，聽說沒有身體，眼睛是紅色的——妳怎麼會知道這些？」
陽子忍不住抖了一下。由此可見，冗祐是屬於名叫賓滿的妖魔，而且，目前正附依在自己身上。
如果說出實情，達姊一定會害怕，所以陽子只是搖了搖頭。
「……還有蠱雕。」
「蠱雕。」
達姊挪了一下身體，寫下了「蠱雕」兩個字。
「那是有角的鳥，很凶猛，會吃人。蠱雕怎麼了？」
「我被蠱雕攻擊。」
「怎麼會有這種事？在哪裡？」

「在那個世界……我被蠱雕攻擊，所以逃來這裡。蠱雕好像是來找我或是景麒的……景麒說，逃來這裡才能得救。」

「有這種事喔。」

達姊輕聲說道，陽子重重地嘆了一口氣，回望著達姊。

「很奇怪嗎？」

「很奇怪，即使妖魔出現在山上，對這裡的人來說，也是大事情。妖魔通常不會出現在人類生活的地方。」

「是……這樣嗎？」

陽子張大了眼睛，達姊點了點頭。

「不知道為什麼，最近經常有妖魔出沒，很危險，所以日落之後，就不再外出了。如果遇到像蠱雕那樣凶猛的妖魔就慘了，但是啊——」

達姊皺起了眉頭。

「妖魔和猛獸差不多，不會特別去追某一個人，更何況特地跑去那個世界。我第一次聽說這種事——陽子，妳恐怕遭遇了什麼非同小可的事。」

「是嗎？」

「只是我不太清楚。最近妖魔越來越多，感覺不太對勁。」

聽到達姊不安的聲音，陽子也不安起來。她原本以為在這裡，山上有妖魔，和妖魔會攻擊人類是稀鬆平常的事。

——自己到底被捲入什麼狀況？

達姊似乎想要激勵不由得陷入沉思中的陽子，用開朗的聲音說：

「這麼複雜的事，我們想也沒用。對了，陽子，妳接下來有什麼打算？」

陽子抬起頭，看著達姊的，搖了搖頭。

「……我只能去找景麒。」

陽子心裡很清楚，即使景麒他們是妖魔，也不會傷害她。

「會花很長時間，不可能輕易找到。」

「……我知道。」

「但首先得過日子吧？妳可以繼續留在這裡，但如果被鄰居發現，又會把妳送去縣府。雖然我可以謊稱妳是我親戚家的小孩，只是不可能長時間瞞下去。」

「……我不能給妳添這種麻煩。」

「往南走，有一個叫河西的地方，我母親住在那裡。」

陽子看著達姊，達姊笑了笑。

「她在那裡開旅店，我母親即使得知真相，也不可能把妳送去縣府，她會僱妳在那裡工作——妳有工作的意願嗎？」
「有。」
陽子立刻點頭回答。尋找景麒應該很困難，所以首先必須找一個生活的地方，如果可以，她不希望繼續過那種每到夜晚就必須和妖魔作戰，食不果腹、露宿野外的生活。
達姊笑著點了點頭。
「真了不起，但工作不會很辛苦，在那裡工作的其他人也都很親切，妳一定會喜歡的——明天可以出發嗎？」
「沒問題。」
「太好了。」達姊笑著說：「那就晚安嘍。今晚好好休息，如果明天起床之後，覺得立刻上路太累了，也可以先在這裡多住幾天。」
陽子這次沒有點頭，而是深深鞠了一躬。

3

這張睡床睡起來的感覺有點像在榻榻米上鋪一層薄被，入睡後的陽子在深夜醒了過來。

她看向房間另一個角落的睡床，發現達姊睡得很熟。她坐了起來，抱著雙腿，乾淨的睡衣摩擦著乾淨的身體，發出沙沙的聲響。

鴉雀無聲的深夜，關上木窗板的房間伸手不見五指。在厚實的屋頂和厚牆的保護下，小動物發出的動靜並不會影響睡眠，連室內的空氣都很溫和混濁，她深深體會到這才是人類睡覺的地方。

陽子下了床，走向飯廳，拿出放在櫃子裡的劍。

不過短短幾天時間，她已經養成了深夜起床的習慣，如今，她不握著劍柄，就會有一種莫名的不安。她坐在椅子上，抱著用達姊給她的新布巾包起的劍，輕輕嘆了一口氣。

聽說走路去達姊的母親經營旅店的河西要三天時間，只要去那裡，陽子就可以在這個世界找到安身之處。

她之前不曾有過工作經驗，但內心的期待更勝於不安。不知道達姊的母親是怎樣的人，不知道在那裡工作的同事又是怎樣的人。

在一棟房子內睡覺，早晨起床後，工作一天，晚上又睡在同一棟房子內。一旦開始工作，應該滿腦子都是工作的事，無暇思考其他事。或許無法再回到那個世界的家裡，也找不到景麒的下落，但如今她覺得似乎都無所謂了。
陽子為終於找到落腳處感到安心，沉醉地閉上了眼睛。
就在這時，抵在額頭的布巾內發出清澈的聲音。
陽子慌忙看著劍，發現包著寶劍的布巾發出微光。她戰戰兢兢地打開布巾，發現劍身像之前的某個夜晚一樣，發出淡淡的光芒，劍刃上有淡淡細小的影子。
她讓迷濛的雙眼努力聚焦，影子終於變成了實像，如同電影般出現在陽子面前的，正是她自己的房間。雖然很真實，好像一伸手就可以觸摸到，但絕對不是現實，因為她持續聽到好像在洞窟內產生回音的水聲。
劍刃上出現的是母親的身影。母親在陽子的房間內走來走去。
母親在房間內徘徊，打開抽屜，摸著架子上的東西，好像在找什麼東西。當她不知道第幾次打開五斗櫃的抽屜時，門打開了，父親出現在門口。
「喂，要洗澡了。」
陽子可以清楚聽到父親的聲音。
母親瞥了父親一眼，繼續檢查抽屜。
「……去洗吧，水已經放好了。」
「要換的乾淨衣服呢？」

「你自己拿啊。」

母親的聲音聽起來咄咄逼人，父親也毫不掩飾聲音中的不耐煩。

「即使妳整天在這裡磨蹭，也沒有用啊。」

「我並不是在這裡磨蹭，我有事。要換的乾淨衣服你自己拿就好了。」

父親低聲說：

「陽子離家出走了，即使妳整天坐在這裡哭哭啼啼，她也不會回來。」

（離家出走？）

「她不是離家出走。」

「她離家出走了。不是有奇怪的男人去學校找她嗎？還有其他的同夥，不是把學校的窗戶都打破了嗎？一定是陽子偷偷摸摸和那些稀奇古怪的人交往。」

「陽子不是這樣的孩子。」

「妳只是沒有察覺而已，陽子的頭髮應該也是去染的吧？」

「不是。」

「兒女加入不良幫派後離家出走的事聽多了，過一陣子對離家出走感到厭倦，自然就會回家了。」

「陽子不是這樣的孩子，我沒這樣教她。」

母親瞪著父親，父親也瞪著母親。

「每個父母都這麼說。闖進學校的那個男人也染了頭髮，陽子八成整天和那些人混在一起，她就是這樣的孩子。」

（爸爸，你錯了……）

「你不要說得這麼過分！」

母親咬牙切齒地說。

「你知道什麼？整天只知道工作、工作，把孩子的事統統推到我身上！」

「即使這樣，我還是知道，因為我是父親。」

「父親？在哪裡？」

「律子！」

「只要去公司上班，把錢拿回來就算是父親？即使女兒失蹤了，也沒有向公司請假，沒有任何積極的作為，這種人也算是父親嗎？你說她就是這種孩子？你根本不瞭解陽子，不要胡說八道！」

父親在生氣之前，先感到驚訝。

「妳冷靜一點，傻瓜。」

「我很冷靜，從來沒有像現在這麼冷靜過。陽子正面臨巨大的考驗，我怎麼可以不堅強？」

「妳不是有妳該做的事嗎？既然很冷靜，等做完該做的事之後，再來操心她。」

「……幫你拿換洗衣服就是我該做的事嗎？是比擔心孩子更優先、更了不起的事嗎？你這個人只想到自己，太自私了！」

氣得滿臉通紅的父親沒有說話，母親看著他。

「你說她就是這種孩子？她一直很乖，即使是你對她提出一些自以為是的要求，她也從來沒有反抗過，她很溫順坦誠，從來沒有讓我們操心。她無論什麼事都會告訴我，根本不可能離家出走。因為她對這個家並沒有不滿。」

父親悶不吭聲，把頭轉到一旁。

「陽子的書包還留在學校，她的大衣也還在，這樣怎麼可能是離家出走！一定是發生了什麼事，這是唯一的可能。」

「那又怎麼樣？」

母親張大眼睛。

「怎麼樣？」

父親一臉不悅地回答：

「即使她被捲入意外，妳又能怎麼樣？不是已經報警了嗎？我們在這裡驚慌失措，陽子就會回來嗎？」

「你說的是什麼話！」

「我說的是事實啊！還是要在電線桿上貼尋人啟示？這麼做，陽子就會回來嗎？我老實告訴妳——」

「別說了。」

「如果陽子不是離家出走，而是被捲入什麼意外，她現在已經不在世上了。」

「你別說了！」

「妳看新聞不是就知道了嗎？發生類似的事，有人活著回來嗎！所以我才對妳說，她是離家出走！」

母親痛哭失聲，父親看了一眼，氣鼓鼓地走出了房間。

（爸爸、媽媽……）

陽子不忍心繼續看下去。

劍刃上的景象漸漸模糊，她忍不住閉上了眼睛。淚水從她的臉頰滑了下來，她張開眼睛，視野變得十分清澈，幻影已經消失了。

眼前只有一把劍。陽子無力地放下失去了光芒的劍。

她淚流不止。

4

「……我沒有死。」

雖然依眼前的狀況，也許死了更輕鬆，但陽子目前還活著。

「我沒有、離家出走……」

自己多麼想回家，自己有多麼想念父母和溫暖的家。

「我第一次看到媽媽反駁爸爸……」

陽子把額頭靠在桌子上，閉上眼睛，淚水不斷地順著臉頰滑落。

「……我真傻……」

明明不知道剛才所看到的是真是假，而且不一定是真實的事。

陽子坐了起來，擦了擦眼淚，用布巾包好劍。剛才看到的一切，似乎是這把劍產生的幻影。是真是假不得而知，但她憑直覺認為，那都是真的。

她難過不已，站了起來，打開後門，在黑夜中徬徨。

滿天星斗，但陽子看不到她認識的星座。她原本就對鑑賞星座沒有興趣，所以也許只是她無法分辨天上的那些星座而已。

她坐在水井旁，冰冷的石頭和冷冷的夜風讓她的心情稍微平靜下來，她抱著膝蓋蹲在地上，背後突然傳來一道聲音。那個聲音刺耳又令人討厭。

「回不去了。」

陽子緩緩轉頭看向身後，蒼猿的腦袋從用石頭建得很牢固的水井邊緣探出來，好像被砍斷後，擺在石頭上。沒有身體的頭顱在石頭上發笑。

「妳還不死心嗎？妳回不去了。妳想回去嗎？想見妳媽媽？不管妳怎麼想，也回不去了。」

陽子伸手摸索，但寶劍不在身邊。

「所以我才對妳說，乾脆自己割喉，這樣可以一了百了，所有的眷戀和痛苦，統統都會結束。」

「我不會放棄的，我一定會回去，即使會等很久，我也一定會回去。」

猴子嘎嘎嘎地笑了起來。

「隨妳的便——順便告訴妳一件事。」

「我不想聽。」

陽子站了起來。

「妳真的不聽嗎？那個女人……」

「達姊……」

陽子轉過頭，猴子對著她齜牙咧嘴。

「我勸妳不要相信那個女人。」

「……什麼意思？」

「那個女人並不是妳想像的大善人，幸好她沒有在妳的飯裡下毒。」

「你別胡說八道。」

「反正她不是想殺了妳、搶走妳的財物，就是把妳拿去賣錢，妳竟然還對她心存感激，真是太傻太天真了。」

「你別亂說。」

「我是好心提醒妳，妳還搞不清楚嗎？這裡沒有妳的朋友，即使妳死了，也不會有人在意，妳活著反而會礙事。」

陽子瞪著猴子，猴子嘎嘎嘎地對著她笑。

「所以我才說啊，如果只是怕痛，反正一下子就結束了。」

猴子大笑之後，露出凶惡的表情。

「聽我的準沒錯，動手吧。」

「什麼……」

「殺了那個女人，把她的錢帶走逃命。如果妳還想活下去，就該這麼做。」

「你夠了沒有！」

猴子嘎嘎嘎地發出一陣狂笑，隨即消失無蹤。就像之前的某個夜晚一樣，只聽到刺耳的笑聲漸漸遠去。

——難以相信。

她絕對不會相信那個妖怪說的話。

翌日早晨，陽子被搖醒。

張開眼，她發現自己躺在簡陋的房間內，一個高大的女人不知所措地看著她。

「妳醒了嗎？我想妳應該很累，但還是先起床吃飯吧。」

「……對不起。」

陽子慌忙起身，從達姊的表情來看，自己應該已經睡了很久。

「妳不必道歉，怎麼樣？今天可以上路嗎？還是改到明天？」

「我沒問題。」

陽子坐起後回答，達姊笑了笑，然後指著自己的睡床說：

「衣服在那裡，妳知道怎麼穿嗎？」

「應該……」

「如果不知道怎麼穿再叫我。」

達姊說完，走去隔壁房間。陽子下了床，拿起她為自己準備的衣服。綁在腰上的裙子長及腳踝，還有一件好像短和服的襯衫，外面是一件短上衣。第一次穿的衣服讓陽子感覺很不自在，穿的時候忍不住一次又一次打量，穿完之後，走去隔壁房間，發現早餐已經放在桌上。

「哎呀，穿在妳身上很好看。」

達姊把裝了湯的大碗放在桌上時說。

「但顏色太素了，如果把年輕時的衣服留下來就好了。」

「……別這麼說，謝謝妳。」

「我穿的話太花俏了，原本就打算要送人——來吃飯吧，多吃點，因為接下來這幾天要走很多路。」

「好。」

陽子點頭後鞠了一躬，坐在桌子旁。當她拿起筷子時，猛然想起昨天晚上猴子說的話，但完全沒有真實感。

——她是好人。

達姊窩藏自己這件事若是被人知道，一定會遭到處罰，但她真的很照顧自己。如果懷疑她的好心，必定會遭天譴。

5

中午過後，她們從達姊家出發。

從達姊家到河西是一趟出乎意料的快樂旅程。剛上路時，每次遇到人，陽子都會心驚膽跳，但或許是因為聽了達姊的建議，用草根染了頭髮的關係，沒有人懷疑陽子的身分，所以她反而開始期待沿途遇到各種不同的人。

這個國家有點像古代的中國，國民卻是各式各樣不同的人。雖然五官都是東方人，但頭髮、眼睛和皮膚的顏色五花八門。

從像白人一樣的皮膚，到像黑人一樣的黑皮膚都有，眼睛的顏色也有從黑色到淺藍色等不同的顏色，頭髮的顏色更是千差萬別，甚至有偏紫色的紅髮，或是帶著藍色的白髮，更有人的頭髮好像挑染過一樣，只有其中一部分的顏色不同。

陽子起初感到很奇妙，但很快就習慣了。習慣之後，就對這些變化樂在其中，只是她沿途都沒有看到像景麒那樣有一頭完美金髮的人。

這裡的人衣著也很像中國古代，男人都穿上衣和偏短的長褲，女人幾乎都穿長裙，有時候會看到一些一身東方裝扮，但說不清楚是哪個國家、哪個時代風格衣服的過客，達姊告訴她，那些人是走街謀生的江湖藝人。

陽子只要邁開雙腳走路就好，達姊會告訴她走哪條路，從三餐到住宿都由達姊負責張羅。陽子身無分文，當然都由達姊支付。

「……真的很對不起。」

陽子走在路上時說，達姊豪爽地笑了起來。

「我這個人愛管閒事，妳不必放在心上。」

「我沒辦法報答妳。」

「別這麼說。我好久沒見到我媽了，託妳的福，這次可以去見她。」

聽到達姊這麼說，陽子發自內心地感到高興。

「達姊，妳是嫁到五曾嗎？」

「不是，我是被分配到那裡的。」

「分配？」

達姊點了點頭。

「成年之後，官府就會配給農田給我們，讓我們自立門戶。我分配到的農田剛好在那裡。」

「只要成年，每個人都可以領配給嗎？」

「是啊，每個人——我丈夫是住在隔壁的老頭，但女兒死了之後，我就和他離婚了。」

陽子看著面帶笑容的達姊，想起曾經聽她說，她的女兒死了。

「……對不起。」

「妳不必放在心上，因為我做人太失敗了，所以好不容易得到的女兒才會死。」

「不是這樣啦。」

「孩子都是上天賜予的，既然上天把孩子收回去，就代表我沒有資格照顧那個孩子。總而言之，就是我做人太失敗，只是那孩子太可憐了。」

陽子不知如何回應，不置可否地露出微笑，達姊露出有點落寞的表情。

「我猜想妳媽媽現在也很難過，真希望妳可以早日回家。」

陽子點點頭。

「……對，但是回得去嗎？配浪的長老說，我回不去了。」

「既然能來，就一定能回去。」

陽子眨了眨眼，看到達姊爽朗的笑容，她發自內心地感到高興。

「……希望是這樣。」

「一定是這樣。啊，要往這裡走。」

來到三岔路口時，達姊指向左側。街道的角落都豎著小石碑，上面寫著目的地和距離。這裡的距離單位都用「里」，那塊石碑上寫著「成　五里」。日本史的教科書上寫著，一里等於四公里，但這裡的一里更短，最多只有幾百公尺，五里的距離並不遠。

這裡稱不上風景秀麗，但散發出一種悠閒的美感。土地起伏多變，所有的山巒都巍峨險峻，遠處的高山直聳入雲，但山頂並沒有積雪，天空看起來特別低。

這裡似乎比東京更早迎接了春天的到來，田埂上到處綻滿鮮花，有些叫得出名字，有些不認識。

這片田園風景中不時可以看到幾棟小房子擠在一起建成的聚落，達姊告訴她，那叫「村」，是在農田工作的人所住的房子。走了一會兒，又看到比較大的聚落，周圍用高牆圍起。達姊告訴她，那叫「里」，是附近的人在冬天期間居住的地方。

「冬天和其他季節居住在不同的地方嗎？」

「因為冬天即使去農田也沒辦法幹活。雖然有人冬天也住在村裡，但住在里比較舒服，而且也比較安全。」
「我看到有很厚實的牆壁，是為了防止妖魔攻擊嗎？」
「妖魔不會輕易攻擊人類住的地方，那是為了躲避內亂和野獸。」
「野獸？」
「像是狼啊熊啊，雖然這一帶沒有這種野獸，但有些地方有老虎和豹。冬天的時候，山上沒有獵物，就會來人類生活的地方覓食。」
「冬天期間住的房子是租的嗎？」
「這也是成年時配給的，大部分人都會賣掉。也有些人住在村裡的時候，把房子租給商人，但大部分人都會賣掉，在冬天期間租房子。」
「是喔……」
這裡的城鎮都用高高的城牆圍了起來，只有一個入口，那裡有堅固的大門，門旁站著衛兵，監視出入的過客。
達姊說，平時衛兵只在門旁站崗，但今天特別攔下紅頭髮的年輕女人盤查，可能是因為配浪有海客逃走，所以才會加強警戒。
走進城門內，裡面的房屋密集，縱橫交錯的道路兩旁都是商店。街上有很多遊民，有些人在城牆內側搭起帳篷生活。

「不是每個人都會配給土地嗎？為什麼會有遊民？」
陽子指著牆下問，達姊微微皺起眉頭。
「那些是從慶國逃過來的，真可憐。」
「逃過來？」
「慶國目前陷入動亂，那些人為了逃避妖魔和戰爭，所以都聚集在這裡。天氣漸漸暖和了，恐怕之後會越來越多。」
「原來這裡也會有內亂。」
「當然有啊，不光是慶國，北方的戴國也在動亂。聽說戴國的情況更嚴重。」
陽子點著頭，覺得相較之下，日本真的是一個和平的國家。這裡有戰亂，而且治安很差，必須隨時照顧好自己的隨身物品。陽子走在路上時，經常被一看就知道並非善類的男人搭訕，也曾經被看起來就絕非好人、散發出危險味道的男人包圍，每次都是達姊罵走那些人，保護了陽子。
或許是因為這個原因，這裡的人都不會在夜晚趕路，城門一到夜晚就會關閉，所以，她們每天必須在太陽下山之前進入下一個城鎮。
「從一個國家到另一個國家，不是要走將近四個月嗎？」
「是啊。」

「除了走路以外，還有其他旅行的方法嗎？」

「可以騎馬或是坐馬車，但有錢人才花得起那些錢，像我這種人，一輩子都不可能。」

和陽子瞭解的世界相比，這裡的人都很貧窮，不要說沒有汽車，連瓦斯和電力也沒有，更沒有自來水，但似乎並不是因為文明落後的關係。從他們的談話中推測，最大的原因似乎在於這裡沒有石油和煤炭。

「既然這樣，妳為什麼會知道其他國家的事？達姊，妳有去過慶國和戴國嗎？」

「怎麼可能？」達姊笑了起來。「我從來沒有離開過巧國。農民要種田，不能長時間旅行，我是從那些藝人口中得知其他國家的事。」

「藝人？走唱藝人？」

「對，有些藝人在世界各地走唱，他們會表演說書，在說這裡那裡發生了什麼事時，就會說各國或是其他城鎮的事。」

「是喔……」

在陽子以前住的世界，很久以前，電影院也會放新聞片，所以可能就是那種感覺吧。

無論如何，她為有人可以回答她的疑問感到高興。陽子對這個世界一無所知，在不知情時，會感到惶恐不安，但身旁有一個親切的人一一解說，頓時變得充滿樂趣。

有達姊一路保護的旅途一切順利，原本覺得只有痛苦的世界頓時變成一個有趣的世界。

每天晚上，都有奇妙的幻影出現，每次都很想家，心情沮喪不已；蒼猿的出現也會讓陽子不安，但這種痛苦的心情並不會持續太久。

早晨起床後去人多的地方，總有很多新鮮事，達姊對她的照顧無微不至。只要借助玉珠的力量，一直走路也不會覺得累，更何況知道每天晚上都有地方吃飯，可以在旅店睡覺，她更加心滿意足了。

雖然離家很痛苦，但至少現在有一個好心的保護者陪伴在身旁，她對這份天賜的幸運心存感激。

6

三天的旅程很快就結束了，陽子覺得有點意猶未盡。第三天來到河西後，發現河邊有高樓，這是來這裡之後，第一次看見像都市的地方。

「哇喔……好大。」

陽子走進城門時，忍不住東張西望，達姊笑著說：

「在這一帶，恐怕只有鄉府的拓丘比河西更大。」

原來鄉是比縣更大的行政區，至於到底有多大，陽子也搞不清楚，就連達姊也不太清楚。平時辦事都去里府，稍微大一點的事去縣府，基本上就可以解決問題。

走進城門後，主要道路上的大小商店毗連，和之前經過的里不同，這裡的店面很大，也很氣派，陽子不由得想起日本的中華街。高大建築物的窗戶上都裝了玻璃，讓她印象特別深刻。距離傍晚還早，街道上沒什麼人影，不難想像等到過客湧入的時間，這裡必定人聲鼎沸、人滿為患。

想到要在這個充滿活力的城鎮生活，陽子的心情稍微好了一點。雖然只要能夠平安過日子，她對住在里也沒什麼不滿，但當然是熱鬧的地方更理想。

達姊從主要道路轉了彎，走向規模小一號的商家林立的區域。雖然有點沒落的味道，但還是很熱鬧，達姊走進其中一棟看起來比較氣派的建築物。

那是一棟三層樓的建築物，綠色的柱子非常鮮豔。走進大門，一樓是寬敞的食堂，陽子打量著富麗堂皇的店內，達姊對前來招呼的男夥計說：

「可以幫我找老闆娘嗎？就說她女兒達姊來了，她就知道了。」

夥計露出滿面笑容，走去後方。達姊看夥計走進去後，請陽子在旁邊的桌子坐了下來。

「妳先坐這裡，點些吃的。這裡的菜很好吃。」

「……可以嗎？」

這家店比之前去過的任何一家旅店或是食堂更大。

「有什麼關係，都是我媽請客，想吃什麼儘管點。」

但陽子不知道這家店有什麼菜，達姊似乎察覺了陽子的想法，叫來夥計後，點了兩、三樣菜。夥計鞠躬退下後，一個上了年紀的老婦人從後方走了出來。

「媽媽。」

達姊站起身，露出滿面笑容，老婦人也露出了開心的笑容。陽子見狀，發現老婦人看起來很和善，暗自鬆了一口氣。如果她是這裡的老闆娘，在這裡打工的生活應該不至於暗無天日。

「陽子，妳在這裡坐一下，我進去和媽媽聊聊。」

「好。」

陽子點了點頭，達姊跑向笑容可掬的母親身旁。母女兩人相互拍著背，又說又笑地走進了店內深處。陽子也面帶笑容地目送她們離去，把達姊放在那裡的行李拉到手邊，打量著店內。

目前店內似乎沒有女夥計，穿梭在店堂內的全都是男夥計，客人也幾乎都是男人，陽子發現其中有幾個人探頭探腦地看向她的方向，有點坐立難安。

不一會兒，走進來四個男人，在陽子附近的桌子旁坐了下來，用猥褻的眼神看著她，竊竊私語之後又放聲大笑，陽子覺得渾身不舒服。

她看向店內深處，達姊還沒有回來。她硬著頭皮繼續坐在那裡，但看到四個男人中的其中一人走了過來，她終於忍無可忍地站了起來。

她無視那個想要向她打招呼的男人，拉住了夥計問：

「請問……達姊去了哪裡？」

店員冷冷地指向店內深處，陽子覺得進去看一下應該沒問題，就抱著行李走了進去，並沒有人阻止她。

她沿著狹小的走廊往裡走，發現那裡是不對外開放的區域，感覺有點凌亂。她有點心虛地繼續悄悄往裡走，打開一道雕花漆彩的門，聽到用來隱蔽的屏風後方傳來達姊的聲音：

「妳不必那麼害怕啦。」

「但是，她不是遭到通緝的海客嗎？」

陽子停下了腳步。因為老闆娘的聲音聽起來似乎有點為難，她內心突然感到不安。老闆娘果然不願意僱用海客嗎？

她很想進去拜託老闆娘僱用她，但這樣會不會太冒失了？可她又不敢再走回店內。

「海客又怎麼樣？只是誤闖到我們這裡而已，難道妳真的相信會帶來凶兆這種迷信嗎？」

「……不是這個原因，只是萬一被公所知道……」

「只要妳不說，別人就不會知道。那女孩自己當然不可能說，這麼一想，妳不覺得反而是難得一見的好貨嗎？她長相不錯，年紀也剛好。」

「但是……」

「她的家世也不錯，只要稍微教她一下怎麼接客，馬上就可以接生意了。況且我已經這麼讓步了，妳還有什麼好猶豫的？」

陽子忍不住偏著頭。達姊的語氣有點不對勁。雖然她知道不該偷聽別人說話，但仍然無法不豎起耳朵。耳朵內響起一個隱約的聲音，像海浪般隱約的聲音。

「但是海客……」

「沒有任何後患，不是很好嗎？也不會有兄弟或父母找上門，她根本就像是不存在的人，這樣不是更省事嗎？」

「……她真的想在這裡做事？」

「她自己說願意的，我明白告訴她，這裡是旅店，只不過她太笨了，誤以為要在這裡打雜。」

陽子出神地聽著她們的談話，覺得越來越不對勁。達姊口中的「那女孩」應該是指自己，但達姊在提到自己時，完全感受不到之前叫她時的溫暖親切。這到底是怎麼回事？說話的人感覺不像是達姊。

「但是——」

「綠色柱子就是妓院的代表，是她自己搞不懂——好了，一手交錢，一手交人。」

陽子張大眼睛，她緊緊抱著手上的行李，等待內心的衝擊平靜下來。

那隻猴子曾經提醒自己，為什麼自己不相信那番忠告？

衝擊和憤怒讓她劇烈心跳，強忍的呼吸灼燒著喉嚨，激烈的海浪聲震耳欲聾。

原來是這麼一回事。她緊緊抓住右手上的包裹。

她隨後放鬆下來，轉身往回走。沿著狹窄的走廊走回去，若無其事地穿越店堂，走到外面去。

她快步走到門口後抬頭打量那家店，發現橫梁、柱子，甚至窗框都是綠色的，她此刻才發現整棟建築的色彩多麼妖豔。她手上還抱著達姊的行李，但她當然無意歸還。

這時，二樓的窗戶打開了，一個女人倚在像是露臺的窗前欄杆上望著窗外。女人一身鮮豔的服裝，衣衫不整地敞開胸前，一眼就可以猜出她的身分。

陽子忍不住抖了一下，頓時湧起一股嫌惡感。女人察覺了陽子的視線，低頭看著她，露出不屑的笑容，關上了窗戶。

7

「小姐。」

聽到叫聲，陽子慌忙收回原本看著二樓的視線。剛才店裡的那四個男人中的一個，正站在她不遠處。

「妳是這裡的人嗎？」

「不是。」

她不由自主地用不耐煩的語氣回答，說完就準備離去。男人抓住了她的手臂，側身擋住了她的去路。

「不是這裡的人，一個女人，怎麼會在這種地方吃飯？」

「我朋友認識這家店的人。」

「那是妳的朋友？妳是不是被賣來這裡？」

男人伸手摸她的下巴，陽子立刻推開了他的手。

「不是。不要碰我。」

「妳還真嗆辣啊。」

男人笑了起來，用力拉著她的手臂。

「來吧，我們找個地方去喝酒。」

「不要！放開妳的手！」

「妳真的是被賣來這裡的吧？我可以放妳一馬，假裝沒看到妳逃走，怎麼樣？」

「我告訴你——」陽子使出渾身的力氣甩開了他的手。「我才不會在這種地方工作，我不是被賣來這裡的。」

陽子說完，轉身想要離去，男人再度抓住了她的肩膀。陽子閃躲著逃開了，當男人想要再度伸手抓她之前，她已經握住了劍柄。

人的身體內有一個海洋，如今，陽子體內的海洋在劇烈翻騰。內心想要痛打眼前這個男人的衝動，似乎隨時會衝破皮膚。

「不要碰我！」

陽子一甩手，鬆開了包著寶劍的布巾，男人一臉錯愕地後退著。

「喂……」

「如果不想受傷，就給我讓開。」

男人看了看陽子，又看了看她手上的劍，隨即好像抽筋般地笑了起來。

「妳會用這種東西？」

陽子不發一語地舉起劍，毫不猶豫地把劍尖抵住男人的喉嚨。

這是自己的尖爪，是上天賜予陽子的銳利武器。

「閃開！趕快回去店裡，你朋友不是在等你嗎？」

附近有人發出尖叫聲，陽子無意多看一眼。雖然她知道在大馬路上揮劍必定會引起騷動，但她毫不畏縮。

男人頻頻打量著劍尖和陽子，步步後退著，隨即轉身跑回店裡，之後響起一道尖叫聲。

「抓住她！抓住那個女孩！」

陽子轉過頭，看到達姊在店門口大叫。陽子內心湧起一種痛苦的感情，和曾經夢見一片紅色的東西在海中擴散的情景非常相似。

「她想逃跑！抓住她！」

陽子湧起一股反胃般的厭惡。這股厭惡可能是針對偽裝成好人、欺騙了陽子的達姊，也可能是針對輕易上當的自己。

人潮從店內、四周聚集過來，陽子不假思索地舉起劍，握著劍柄，把劍身指向眾人。是否能夠在不殺人的情況下離開，完全取決於冗祐。

此刻的陽子早就橫下了心，與其被抓，不如殺人。

——在這個世界，妳沒有朋友。

陽子一度以為達姊是自己的救命恩人，對她心存感激，也感謝上天賜予的這份好運。正因為當初發自內心地這麼想，所以現在憤怒得快要吐出來了。

看到幾個男人衝過來，陽子感受到有什麼東西爬上了自己的手腳，她動作自然地排除了擋住去路的阻礙物。

「抓住她！不然我虧大了！」

達姊歇斯底里地大叫著，陽子轉頭看她。欺騙者和被欺騙者的視線相遇，原本想要喊叫的達姊突然住了嘴，心生畏懼地向後退了兩、三步。

陽子用冷漠的眼神看了她一眼，再度舉劍對付衝過來的男人。她巧妙地閃過一個人、兩個人，用劍刃砍向第三個人。

聚集而來的人不知道什麼時候圍起了一道人牆，陽子看著圍觀的眾多人潮，忍不住輕輕咂了一下嘴。自己真的能夠不殺一人，就衝出重圍嗎？

「誰去抓住她！我會重金酬謝。」

達姊跺著腳喊道。

就在這時，人牆的後方傳來叫聲，所有人都看向那個方向，轉眼之間，就傳來一陣夾雜著慘叫聲的喧譁聲。

「怎麼了？」

「有妓女逃走了。」

「不是，我是說那裡。」

人牆開始搖動。

人潮從小路的另一端擠了過來，每個人都驚叫著，爭先恐後地跑過來。

「——妖魔。」

陽子的手立刻有了反應。

「有妖魔！」

「是馬腹。」

「快逃！」

人牆立刻散開了。

陽子也在四處逃竄的人群中奔跑，她看到背後有一隻怪獸推倒慘叫的人群，向她直撲而來。

那是一隻巨大的老虎。老虎有一張人臉，臉上有很多紅斑。陽子避開逃進周圍店家的人群，不顧一切地奔跑。

老虎和陽子之間的距離越來越短，陽子只好停下腳步。

她對妖魔擁有人臉感到困惑，但仍然握住劍柄舉起劍。她閃躲過如同疾風般撲過來的巨虎，用盡渾身的力氣揮劍。

鮮血發出呼嘯聲噴出來，但她發現只要在砍向對方的剎那不把視線移開，就可以避免血濺到身上。

陽子砍中了有著模糊條紋的虎腳，老虎龐大的身軀倒了下來，陽子避開後，拔腿跑了起來。

老虎再度撐起身體追了上來，陽子用劍抵擋，靈巧地閃躲，穿越了小巷。

來到大街上時，發現有很多搞不清楚狀況的人正在圍觀。

「閃開！」

人群聽到陽子的叫聲，看到追在她身後的怪獸，立刻散開了。

「……怎麼回事！」

陽子在人群的後方發現了金色的光。

金色的光出現在人牆後方，由於距離太遠，看不清楚相貌，也沒有時間仔細打量，但如今陽子已經知道，這裡很少有人是金髮。

「景麒！」

她忍不住想去追那個身影，但爭先恐後逃竄的人潮很快淹沒了金色的光。

「景麒！」

眼前突然一暗，巨虎正躍過陽子的頭頂。

妖魔跳落在奔跑的人群上方，人們被巨虎粗壯的前腿踩在腳下，紛紛發出慘叫聲。

巨虎擋住了去路，陽子轉身逃跑。

——景麒？還是？

她沒有時間仔細思考，用劍砍向追來的怪獸，趁著混亂，逃離了河西的街頭。

8

「我不是早就說過了嗎？」

深夜，蒼猿的頭出現在幹道旁的石碑上。

陽子離開河西後，猶豫了片刻，決定沿著幹道前進。

雖然再度展開了孤獨的旅程，但她現在手上拿著形同搶來的達姊行李。裡面有達姊的換洗衣服和錢包，只要住最便宜的旅店、吃最便宜的食物，錢包裡的錢讓她得以維持一段日子的生計。而且，用這些錢，她的良心也不會有絲毫的不安。

「我早就警告過妳了，妳這個傻姑娘。」

陽子不理睬猴子。她默默地繼續往前走，發出藍色燐光的腦袋一直跟著她。陽子沒有正眼看持續發出尖笑的猴子一眼，她知道自己受騙上當很愚蠢，但現在不想聽猴子說話。

比起猴子，她更在意在河西見到的那個金髮的人，以及出現在大街上的妖魔。

——妖魔不是很少會出現在人類居住的地方嗎？

至少達姊曾經說，妖魔很少會出現在人潮聚集的地方。

——而且，妖魔不是不會在白天出現嗎？

只有河西的巨虎，外形如狗、攻擊馬車的妖魔，以及出現在學校的蠱雕這幾隻妖魔，才在傍晚或是白天出現。

——為什麼景麒每次都在場？

她的腦海中剛閃過這個念頭，就聽到猴子高亢刺耳的聲音：

「所以我說妳被騙了嘛。」

陽子對猴子的這句話無法充耳不聞。

「不對！」

「怎麼不對？妳自己仔細想一想，妳是不是也覺得有問題？」

陽子咬著嘴唇。她決定要相信景麒，因為如果不相信景麒，她就會失去所有的希望，但還是無法不產生懷疑。

「妳被騙了，妳落入了圈套，他設下的圈套。」

「不對。」

「我明白妳想要否認的心情，因為果真如此的話，就真的傷腦筋了。」

猴子說完，發出譏笑的聲音。

「在蠱雕攻擊我時，景麒保護了我，景麒是我的朋友。」

「是嗎？妳來這裡之後，他根本沒幫過妳吧？妳不覺得他只有那次幫了妳而已嗎？」

陽子目不轉睛地盯著猴子。猴子說話的語氣讓她感到納悶，難道這隻猴子連在那個世界發生的事也知道？

「你說的那次是指？」

「就是在那裡，妳被蠱雕攻擊的那一次啊。」

「你為什麼會知道那時候的事？」

猴子尖聲笑了起來。

「只要是關於妳的事，我統統都知道，也知道妳在懷疑景麒，又想要否認這件事。妳當然不願意相信他陷害了妳。」

陽子移開視線，看著昏暗的幹道。

「才不是……你想的這樣。」

「那他為什麼不來救妳？」

「一定有什麼原因。」

「有什麼原因？他不是信誓旦旦地說要保護妳嗎——妳仔細想一想，這是圈套！

想通了吧？」

「先不管在學校的那一次，其他兩次，我並沒有看清楚他的長相，那一定不是景麒。」

「還有其他人有金頭髮嗎？」

——我不想聽。

「冗祐不也認出是景麒了嗎？」

猴子為什麼知道冗祐的存在？陽子忍不住看向猴子，剛好看到他嘲諷的眼神。

「我不是說了嗎？我什麼都知道。」

陽子想起之前聽到冗祐叫「台輔」的聲音，立刻搖了搖頭，但還是無法忘記冗祐在叫這個名字時的驚愕語氣。

「——不是，一定出了什麼差錯，景麒不是敵人。」

「是嗎？真的是這樣嗎？希望如此嘍。」

「吵死了！」

陽子大叫著，仰天笑了起來，猴子小聲地對她說：

「妳有沒有想到一個可能？」

「我不想聽。」

「……景麒把妳送到妖魔面前。」
陽子愣住了，張大眼睛凝視著猴子，猴子撇著嘴回望她。
「……不可能。」
猴子狂笑起來，好像發了瘋似的嘎嘎笑個不停。
「不可能！」
「真的是這樣嗎？」
「他根本沒有理由要這做。」
「是這樣嗎？」
猴子笑得臉都歪了。
「景麒為什麼要這麼做？在蠱雕攻擊我的時候，是他救了我，給了我這把劍，還讓冗祐附身在我身上，所以我才能活到今天。」
猴子只是嘎嘎嘎地大笑。
「如果他想殺我，當初不管我就好了啊。」
「搞不好是他引來敵人，然後假裝救妳呢？」
陽子緊咬著嘴脣。
「但是，只要有冗祐在，我就不可能輕易被殺，如果真想殺我，一定會召回冗祐，或是採取其他的行動啊。」

「搞不好他的目的並不是殺妳。」

「那到底有什麼目的？」

「這我就不知道了，反正很快就會知道了，因為接下來妳也會連續不斷地遭到襲擊。」

陽子狠狠瞪著猴子嬉笑的臉，加快了腳步。

「妳回不去了。」

猴子在她身後叫著。

「妳回不去了，會死在這裡。」

「我不要。」

「由不得妳啊——如果只是怕痛，反正一下子就結束了。」

「你少囉嗦！」

陽子的叫喊被吸入了夜空。

第四章

1

陽子一路只有蒼猿相伴，為了遠離配浪、遠離河西，她漫無目的地的沿著幹道連續走了兩天。

沿途經過的每個城門都戒備森嚴，也嚴加盤查每個過客，也許公所已經知道，從配浪逃走的海客到了河西。一些小城鎮很少有過客出入，所以陽子無法混在人群中走進城門。

無奈之下，她只能沿著幹道在野外露宿。第三天時，終於到達一個比河西更大的城鎮，四周圍著高大堅固的城牆，城門上掛著「拓丘城」的匾額，於是她知道這裡就是鄉府的所在地。

拓丘的城門前有很多商店。

之前每個城鎮的城牆外都是農田，但拓丘的城門前和城牆下聚集了很多搭著帳篷的攤位，形成了城外市集，城牆周圍的路上擠滿了商人和顧客。

簡陋的帳篷內有各式各樣的東西。陽子走在城門前的擁擠人群中，發現其中一個帳篷堆滿了舊衣服，她靈機一動，買了男人穿的舊衣。

一個年輕女人獨自旅行，總會惹上很多麻煩，雖然在冗祐的協助下，可以順利逃脫，但最好是一開始就避免這些麻煩。

陽子買的衣服布料厚實，摸起來的手感有點像帆布，那是一件無袖及膝上衣和一件七分褲，這是農夫穿著的衣服，但很多窮人和慶國的女難民也都穿這種衣服。

她離開了城門前，躲在別人看不到的地方換了衣服。短短半個月的時間，她的身體已經失去了往日的圓潤，即使穿上男人的衣服，也不覺得奇怪。

陽子看到自己失去脂肪的身體，心情有點複雜。可能因為最近經常打鬥，所以纖細的手臂和雙腿出現了肌肉的線條，回想起以前在家裡時整天量體重，熱中於減肥，卻往往無法持續的日子，覺得實在很滑稽。

她的眼前突然浮現出藍色。那是藍染的明亮深藍色，是牛仔褲的顏色。陽子一直希望有一件牛仔褲。

讀小學時的某次遠足，要去有野外運動場的地方，男生和女生要分組進行比賽。因為穿裙子活動不方便，所以央求母親為她買了一件牛仔褲，沒想到父親為此大發雷霆。

（爸爸不喜歡女孩子穿這種衣服。）

（但是大家都穿啊。）

（爸爸不喜歡嘛，女生打扮得像男生一樣，或是說話像男生很不像樣，爸爸不喜歡。）

（但是，我們要分組比賽，如果我穿裙子，就會輸給男生隊。）

（女生不必贏男生。）

陽子仍然不服氣地想要反駁，但母親制止了她，向父親深深地鞠躬道歉。

（對不起——陽子，妳也快向爸爸道歉。）

於是，母親聽從父親的意見，把牛仔褲拿去退了。

（我不想退掉嘛。）

（陽子，妳要忍耐。）

（為什麼要向爸爸道歉？我又沒做錯什麼事。）

（等妳以後嫁了人，就知道為什麼了，這樣做最穩當……）

陽子回想起來，忍不住笑了。

如果父親看到現在的自己，一定會皺眉頭。看到女兒穿著男人的衣服，整天舞劍，沒錢住旅店就露宿野外，父親一定會氣得漲紅了臉。

——爸爸就是這種人。

在爸爸眼中，女生就要清純可愛，順從乖巧，溫和內向，不需要聰明，也不必堅強。

陽子也一向認為這樣。

「這根本是騙人的……」

自己應該溫順地被抓嗎？乖乖聽達姊的安排，被賣去妓院嗎？

陽子緊緊握住包著布巾的劍。如果陽子稍微有點霸氣，在遇到景麒時，至少可以用更強勢的態度面對他，至少可以問他為什麼找上自己？要去哪裡？要去的是什麼地方？什麼時候可以回來？一旦知道這些問題的答案，現在就不會這麼徬徨無助。

如果不堅強，就無法活下去。如果不充分動腦、充分運用身體，就無法活下去。

——活下去。

一定要活下去。一定要回家。這是陽子此刻唯一的心願。

她把原本穿的衣服和達姊的衣服一起賣給舊衣攤，換得了少許金錢。

她握著那些錢，混在人群中進了城門，衛兵沒有叫住她。走進城門後，她走向街道深處。她和達姊一起旅行了幾天後，知道離城門越遠，旅店的住宿費越便宜。

「小兄弟，要點什麼？」

她走進旅店，聽到夥計的問話，她笑了笑。這裡的旅店通常同時兼營食堂，所以走進去時，夥計都會先問要點什麼餐。

陽子巡視店內，只要看食堂的感覺，就大致可以瞭解這家旅店。這家旅店不算好，但也不至於太差。

「可以住宿嗎？」

旅店的男人用懷疑的眼神看著陽子。

「你一個人嗎？」

陽子點了點頭。

「一百錢，你有錢嗎？」

陽子默默出示了錢包。這裡的旅店都是退房時結帳。

這裡的貨幣都是硬幣，單位是「錢」，有方形、圓形等數種不同的種類，方形硬幣金額比較高，硬幣上刻著幣值，但從來沒看過紙幣。

「還需要其他的嗎？」

陽子搖了搖頭，回答了男人的問題。住旅店時，最多只能使用水井，無論洗澡或喝茶都要付錢。之前和達姊一起旅行時知道了這些事，所以她剛才在城門前的路邊攤先填飽了肚子。

男人冷冷地點了點頭，對店內叫了一聲：
「喂，有人要住宿，快來帶路。」
一個剛好從裡面走出來的老人應了聲，再鞠了一躬，面無表情地用視線示意陽子往裡面走。陽子為自己找到了住宿的旅店鬆了一口氣，跟著老人走了進去。

2

陽子跟著老人沿著店內深處的樓梯來到四樓。這裡的房子幾乎都是木造的，大街上的房子皆是三層樓，這家旅店是四層樓的房子，但天花板很低，陽子只要一伸手就可以碰到，像達姊那樣高大的女人，恐怕得彎腰才行。
老人帶她走進一個小房間，差不多只有兩張榻榻米的大小，地上鋪著木板，房間深處有一個從天花板垂下來的櫃子，裡面放了幾床薄被。房間內沒有睡床，應該是把被子直接鋪在地板上睡覺。
因為房間深處放了那個櫃子的關係，即使跪著，也必須彎腰才行，這就是所謂站著只有一張榻榻米大，躺下來就有兩張榻榻米的空間。之前和達姊一起住宿的旅店天花板很高，有睡床、桌子，房間也很乾淨，兩個人住宿要五百錢。

也許是因為治安不好，這種旅店的房間門上都裝了一把可以從內外兩側用鑰匙打開的門鎖，老人把鑰匙交給陽子後準備離去，陽子叫住了他。

「對不起，請問水井在哪裡？」

陽子問，老人整個人彈了起來，轉過頭時張大了眼睛，打量了陽子好一會兒。

「那個……」

陽子以為他剛才沒聽到，又重複了一遍，老人張大了眼睛問：

「你說的是日語……」

老人說完，就沿著走廊一路小跑回來。

「……你是從日本來的嗎？」

陽子沒有回答，老人抓住了她的手臂。

「你是海客嗎？什麼時候來的？你是哪裡人？再說一遍給我聽聽。」

陽子目瞪口呆地看著老人的臉。

「拜託你，可不可以再說一次？我已經好幾十年沒聽到日語了。」

「呃……」

「我也是從日本來的。拜託你，說幾句日語給我聽。」

老人一雙擠在皺紋中的眼睛發出透明的光澤，陽子也差一點哭了出來。太巧了。兩個誤闖異鄉的人竟然在這個大城鎮的角落相遇。

「爺爺，您也是海客嗎？」

老人點了點頭。他一次又一次，一次又一次點頭，似乎說不出話，一雙關節突出的手用力握著陽子的手。陽子似乎從他雙手的力量中感受到了他至今為止的孤獨，也回握住他的手。

「……茶。」老人用顫抖的聲音小聲嘀咕著：「茶怎麼樣？」

陽子偏著頭。

「要不要喝杯茶？我有煎茶，只是分量不多。我拿過來……嗯？」

「……謝謝。」

不一會兒，老人拿來兩個茶杯。當他走進房間時，一雙凹陷的眼睛通紅。

「……不是什麼好茶。」

「謝謝。」

綠茶的清香讓陽子感到很懷念，老人看著陽子慢慢喝了一口茶，在她對面的地上坐了下來。

「我實在太高興，便謊稱生病休息了……小兄弟，還是小姐？你叫什麼名字？」

「中嶋、陽子。」

「是嗎？」老人眨了眨眼睛。「我叫松山誠三……小姐，我的日語會不會很不標準？」

陽子在內心感到納悶，但還是點了點頭。老人說話有口音，幸好她大致能夠理解。

「是嗎？」

老人開心地笑了起來，但笑容中帶著淚水。

「妳是在哪裡出生的？」

「出生嗎？東京。」

誠三握著茶杯。

「東京？所以說，東京還在啊。」

陽子忍不住反問，老人自顧自地用上衣的袖子擦著臉頰。

「啊？」

「我是在高知出生的，來這裡之前，住在吳。」

「吳？」

「廣島的吳，妳知道那個地方嗎？」

陽子偏著頭，努力回想以前地理課教的知識。

「……好像有聽過。」

老人苦笑著。

「那裡有軍港，有工廠，我是碼頭工人。」

「您從高知去了廣島嗎？」

「對，我母親的娘家在吳。在七月初時遇到了空襲，家裡的房子燒掉了，所以就去舅舅家住。我不能在家裡吃閒飯，便去工作，沒想到遇到空襲。停在海港的船幾乎都沉了，我也在混亂中掉進海裡。」

陽子終於發現，他在說第二次世界大戰的事。

「……當我回過神時，發現自己在虛海，在海上漂流時獲救了。」

老人說的「虛海」音調有點奇怪，發音也不像是「虛海」，更像是「休海」。

「是……嗎？」

「在那之前，也遇過好幾次可怕的空襲，工廠幾乎都被炸掉了。軍港內雖然有船，但幾乎都沒辦法開。況且，瀨戶內海和周防灘一帶到處都是水雷，完全無法行船。」

陽子只能附和。

「三月的時候，東京因為大空襲而燒成一片荒野，六月的時候，大阪也被大空襲燒光了。呂宋島和沖繩也都淪陷了，我不認為能夠打贏……是不是輸了？」

「……對。」

老人重重地嘆了一口氣。

「我就知道……我一直掛念這件事。」

陽子不太清楚戰爭的事。她的父母都是戰後出生的，能夠和她聊戰爭往事的祖父母也沒有住在一起，對她來說，那是很遙遠過去的事，是只透過教科書、電視和電影所瞭解的世界。

比起眼前的世界，陽子對老人口中的世界比較熟悉。雖然無法清楚地想像，但聽到熟悉的地名和歷史，還是不由得感到高興。

「東京還在吧？變成了美國的屬國嗎？」

「沒這回事。」

陽子張大眼睛，老人也張大了眼睛。

「是喔……原來是這樣。小姐，妳的眼睛怎麼了？」

陽子一驚，立刻想到自己的眼睛變成了碧色，老人在問這件事。

「……沒什麼。」

陽子含糊其詞，老人垂頭喪氣地搖了搖頭。

「好，好，如果妳不想說也沒關係。我還以為是因為日本變成了美國屬國的關係，既然不是，那就沒關係。」

這位老人一定在遙遠的異鄉天空中，一直為自己無法看到的祖國命運擔憂。雖然陽子此刻也很擔憂祖國的命運，但老人當年離開時正值戰亂，所以，他應該有更深的憂慮。

老人被丟到這個世界就已經夠悽慘，他這四十年來，都一直在為祖國擔心。想到這裡，陽子就不由得感到心痛。

「……陛下平安嗎？」

「昭和天皇嗎？他……平安，但已經死——」

她原本想說「死了」，慌忙改口說：

「已經駕崩了。」

老人猛然抬起頭，然後又深深低下頭，用袖子按著眼角。陽子猶豫了一下，輕輕撫摸著他駝著的背。老人並沒有露出不悅的表情，所以在他嗚咽的時候，陽子一直撫摸著他瘦骨嶙峋的後背。

3

「……對不起，人老了，容易流眼淚。」

陽子不發一語地搖了搖頭。

「……是哪一年？」

「什麼？」

陽子反問，老人用毫無表情的雙眼看著她。

「大東亞戰爭是哪一年結束的？」

「我記得……是一九四五年……」

「昭和幾年？」

「呃，我想想。」

陽子想了一下，拚命回憶考高中時背的年號表。

「應該是昭和二十年。」

「昭和二十年？」

老人凝視著陽子。

「我是二十年那一年來這裡的。二十年的什麼時候？」
「好像是八月……十五日。」
老人握起了拳頭。
「八月？昭和二十年的八月十五日？」
「對……」
「我落海那天是七月二十八日。」
他瞪著陽子。
「才短短半個月而已！」
陽子低下頭，不知道該說什麼，只能默然不語地聽老人擦著眼淚、細數他為戰爭犧牲的一切。
將近半夜時，老人開始向陽子發問。家住哪裡？有哪些家人？住怎樣的房子？過怎樣的生活？陽子在回答時感到有點痛苦，眼前有一個在她出生之前，就被迫漂流來到這裡，始終無法回去的人，這件事讓她深有感慨。
自己也會像他一樣嗎？會一輩子都生活在異鄉，永遠都回不去嗎？也許遇到同是海客的爺爺是一件幸運的事。想到眼前的老人孤獨一人活到今天，也許自己真的很幸福。

「我到底做錯了什麼？」

老人把手肘撐在盤起的腿上，抱住了自己的頭。

「我拋棄了朋友和家人，來到這種地方。當初做好了心理準備，以為會死在空襲中，沒想到半個月後就結束了，只有短短的半個月。」

陽子不言不語。

「一旦戰爭結束，一切都會好轉，我卻漂流到這種地方，整天吃不飽，也沒有任何快樂的事。」

「是啊……」

「乾脆在空襲中死了倒也痛快，沒想到漂流到這種莫名其妙的地方，人生地不熟，連話也聽不懂……」

陽子瞪大眼睛。

「……連話也聽不懂？」

「我完全聽不懂，現在也只會說幾句簡單的而已，所以只能做這種工作。」

說完，他訝異地看著陽子。

「妳聽得懂嗎？」

「聽得懂……」

陽子凝視著老人。

「我一直以為他們說的是日語。」

「開什麼玩笑?」老人一臉呆滯。「怎麼可能是日語?除了自言自語以外,今天是我第一次聽到日語。根本不知道他們說的是哪一個國家的話,有點像支那話,但和支那話很不一樣。」

「他們不是使用漢字嗎?」

「對,但並不是支那話。碼頭也有支那人,他們不是說這種話。」

「不可能啊。」

陽子一頭霧水地注視著老人。

「我來這裡之後,從來沒有發生過語言不通的問題,如果不是日語,我根本不可能聽得懂。」

「店裡夥計的話也能聽懂?」

「聽得懂啊。」

老人搖了搖頭。

「妳聽到的不是日語,這裡沒有人會說日語。」

這到底是怎麼回事?陽子腦筋一片混亂。

自己聽到的是如假包換的日語，但老人說，那不是日語。她覺得其他人說的話，和老人說的話根本沒什麼兩樣。

「這裡是巧國吧？巧妙的國家，巧國。」

「沒錯。」

「我們是從虛海來的海客。」

「沒錯。」

「鄉府就在這裡。」

「鄉府？妳是說鄉城，這個鄉嗎？」

「就是像縣府一樣的地方。」

「縣府？」

「有縣長。」

「這裡沒有縣長，全縣權力最大的人叫縣正。」

「怎麼可能？」陽子嘀咕道：「他們一直跟我說是縣長。」

「根本沒有縣長。」

「這裡的人在冬天時都住在『里』，春天之後，又搬回村。」

「冬天住在里，春天住在廬。」

「但是，我聽到的是……」

老人瞪著陽子。

「妳到底是誰？」

「我……」

「妳不是和我一樣的海客，我一直孤獨地生活在這個異鄉，在戰爭期間，從日本漂流到這個人生地不熟的地方，活到這把年紀，既沒有娶妻，也沒有生子，是徹徹底底的一個人。」

為什麼會發生這種情況？陽子拚命想要尋找原因，但無論怎麼想，都無法從目前為止所見所聞的現實中找到線索。

「我從最糟糕的地方，來到另一個最糟糕的地方，為什麼在戰後出生、因為我們的犧牲才能過上安穩日子的妳，來到這裡還是照樣過得這麼輕鬆？」

「不知道！」

陽子大叫的時候，門外傳來了聲音。

「這位客人，發生什麼事了？」

老人慌忙把手指放在嘴前，陽子看向門的方向。

「對不起，沒事。」

「是嗎？這裡還住了其他客人。」
「我會注意，不會再吵了。」
聽到腳步聲在門外漸漸遠離，陽子輕輕嘆了一口氣。老人用一臉嚴厲的表情看著她。
「他剛才說的話妳也聽得懂？」
陽子知道他在問剛才夥計說的話，所以點了點頭。
「……聽得懂。」
「他剛才說的是這裡的話。」
「我……說的是什麼話？」
「聽起來像日語。」
「但是，對方聽得懂。」
「好像是。」
陽子只會說一種語言，平時也只聽到一種語言，但為什麼會發生這種現象？
老人放鬆了臉上的表情。
「……妳不是海客，至少不是普通的海客。」
老人說「海客」這兩個字時聲調有點奇怪——至少和她平時聽到的發音不一樣。

「……妳為什麼聽得懂？」

「不知道。」

「真的不知道嗎？」

「我真的完全不知道，不知道自己為什麼會來這裡，也不知道為什麼和您不一樣。」

也不知道自己的相貌為什麼會改變。她在心裡想著，摸了摸染髮之後，髮質變硬的頭髮。

「……怎樣才能回去？」

「我也一直在找方法，但答案是，回不去了。」

說完，他發出乾笑聲。

「如果可以回去，我早就回去了。只不過即使回去，恐怕也會變成浦島太郎吧。」

說完，他沮喪地看著陽子。

「……妳打算去哪裡？」

「我沒有目標。我可以請教您一個問題嗎？」

「什麼問題？」

「您沒有被抓嗎？」

「被抓？」

老人張大了眼睛，隨即露出恍然大悟的表情。

「……我懂了，在這裡，海客會被抓。不，我不一樣，當初我是漂流到慶國。」

「啊？」

「不同國家對海客的態度似乎也不同。我當初到了慶國，在那裡有了戶籍。去年之前，都一直住在慶國，但君王駕崩後，國家陷入動亂，住不下去了，所以才逃來這裡。」

陽子想起在街頭看到的難民。

「……所以，如果在慶國，就不需要四處逃亡嗎？」

老人點了點頭。

「沒錯，但現在不一樣了。因為發生了內戰，兵荒馬亂的，我以前住的村子被妖魔攻擊，有一半的人都死了。」

「妖魔？不是因為內戰的關係？」

「一旦國家發生動亂，妖魔就會出現。不光是妖魔，還有乾旱、洪水、地震，天災不斷，所以我才會逃來這裡。」

陽子垂下雙眼。如果在慶國，就不需要過逃亡的生活。她不由得思考起在巧國四處逃亡，和去兵荒馬亂的慶國，到底哪一個更安全時，老人又接著說：

「女人更早之前就逃走了，不知道君王在想什麼，把所有女人都趕出了慶國。」

「怎麼可能？」

「是真的。聽說在首都堯天，來不及逃走的女人都被殺了。因為慶國本來就不是什麼好國家，所以很多人都趁這個機會逃走了。我勸妳不要去，那裡已經變成了妖怪的巢穴。有一段時間，曾經有很多人逃出來，但最近明顯變少了，可能是無法逃過國境吧。」

「是……這樣喔。」

聽到陽子的喃喃自語，老人自嘲地笑了笑。

「日本的事要問妳才知道，但這裡的事，我比妳更清楚……因為我已經變成這裡的人了。」

「這……」

老人笑了笑，舉起了手。

「巧國比慶國好多了，但會抓海客，所以再好也沒用。」

「爺爺，我……」

老人笑了笑，但他的笑容有一半在哭。

「我知道這不是妳的錯，雖然知道，但還是覺得很難過。對不起，我剛才把妳當成了出氣筒。妳必須逃亡，所以比我更辛苦。」

陽子只能搖頭。

「我要回去工作了，還要準備早餐──路上小心。」

說完，他就悄悄走了出去。

陽子原本想要叫住老人，但隨即改變主意，只說了一聲：「晚安。」

4

陽子從櫃子裡拿出薄被，躺在薄被上，忍不住嘆了一口氣。雖然好久沒有躺在被子上睡覺了，但腦子特別清醒，她知道是因為有心事的關係。

為什麼自己在語言上沒有任何障礙？如果自己聽不懂這裡的語言，很難想像目前可能會發生的狀況，但是，她想不出來為什麼會發生這種事。

如果這裡的人說的不是日語，那陽子不可能聽得懂，和門外的夥計說話時，陽子到底用了哪一種語言？老人說的聽起來像日語，但其他的聽起來卻是這裡的語言──

老人說這裡的話時，發音似乎稍有不同，這件事已經很奇妙了，沒想到老人說，這裡根本沒有「縣長」這個字眼，那陽子一直聽到別人說的縣府、縣長到底是怎麼回事？

陽子目不轉睛地看著低矮的天花板。

——有人為我翻譯。

陽子聽到的話，是不是透過某種方式，翻譯成陽子能夠理解的語言？

「冗祐，是你嗎？」

她對著自己背後輕聲問道，但當然沒有聽到回答。

她像往常一樣抱劍入睡，當她醒來時，發現原本放在房間角落的行李不見了。

陽子跳了起來，慌忙地檢查了門，門鎖得好好的。

她找到店裡的夥計，向他說明了情況。幾個夥計訝異地檢查了門和室內後，露出凶惡的眼神瞪著她：

「你真的有行李嗎？」

「有啊，我的錢包放在裡面，被人偷走了。」

「但門是從裡面鎖住的。」

「是不是有備用鑰匙？」

幾個夥計聽到陽子的問話，眼神比剛才更凶惡。

「你是說我們店裡的人偷你的行李？」

「原本就沒有行李吧？八成是你一開始就打算找麻煩，然後不付錢白住。」

夥計漸漸向陽子逼近，陽子悄悄地握著劍柄。

「不是的。」

「總之，你要付住宿的錢。」

「我剛才說了，我的錢包被偷了。」

「那就要把你送去公所。」

「等一下。」

陽子打開了布，然後突然想起一件事，對眼前的幾個男人說：

「請你們把昨天那個爺爺叫來。」

陽子突然想到可以請昨天那個爺爺為自己作證。

「爺爺？」

「就是從慶國來的，名叫松山。」

幾個男人面面相覷。

了。

「那個老頭？找他來幹什麼？」

「請你們把他找來，他有看到我的行李。」

一個男人扠腰站在門口，用下巴示意身後的年輕男人。年輕男人沿著走廊跑遠了。

「你左手上拿的那包是什麼？」

「這裡沒有錢。」

「我要檢查。」

「等爺爺來了之後再說。」

陽子斬釘截鐵地說，男人一臉狐疑地看著陽子。這時，走廊上傳來一陣倉促的腳步聲，年輕男人走了回來。

「不見了。」

「不見了？」

「行李也不見了，那個老頭走了。」

擋在門口的男人咂著嘴，陽子忍不住咬牙切齒。

——是他。

是那個老人幹的。

陽子閉上了眼睛。就連同樣是海客的老人，也背叛了自己嗎？

他無法原諒陽子生長在戰後物質豐沛的時代？還是無法原諒她竟然能夠聽懂其他人說的話？或是他原本就打算這麼做？

陽子以為自己找到了同胞，深信老人也這麼認為。在上了達姊的當之後，陽子已經沒有勇氣相信這個國家的人，沒想到就連同為海客的老人也背叛了她。

她內心湧起一股苦澀，憤怒在她的內心喚起了波濤洶湧的大海幻影，每次都讓她覺得自己變成了某種野獸。

陽子隨著浪濤搖擺，生氣地說：

「就是他偷的。」

「他原本就不是本地人，一定是不喜歡這個地方。」

「廢話少說，把妳手上的東西拿過來，我來看看裡面有沒有什麼值錢的東西。」

陽子握緊劍柄。

「……我是受害者。」

「我們也是在做生意，總不能讓妳白住。」

「是你們的管理太差了。」

「少囉嗦，拿給我。」

男人步步逼近，陽子做好了還擊的準備。她解開包著劍的布巾，看到劍身反射著從小窗戶照進來的光。

「你、你這傢伙。」

「……讓開！我已經說了，我是受害者。」

年輕男人驚叫著跑走了，剩下的另一個男人手足無措地跺著腳。

「閃開，如果你想要錢，就去找那個老頭。」

「……你一開始就打算這麼做吧？」

「我說了，不是這樣的。如果找到那個老頭，記得從我的行李中拿錢來付住宿費。」

陽子亮出了劍，男人向後退。陽子伸出劍，又向前走了三步，男人連滾帶爬地逃走了。

陽子緊跟著男人追上前去。

剛才逃走的年輕男人帶著幾個人衝了過來，陽子用劍威脅他們，衝出了旅店，撥開人群逃走了。

她覺得手臂很痛，昨天老人熱切地抓著的地方很痛。

這是在告誡她，再也不要相信任何人。

5

陽子再度展開了餐風露宿的旅程。

她沿著幹道來到了下一個城鎮，身上沒有半毛錢，無法住旅店，也沒錢吃飯。她很希望走進城門，像難民一樣在城牆下睡覺，但衛兵守著城門，而且對陽子來說，擠在人群中已經變成了她莫大的痛苦。

這裡沒有朋友，沒有任何人會幫助陽子。

這裡沒有任何值得陽子相信的事。

與其被人欺騙、遭到背叛，還不如用寶劍砍殺妖魔，繼續露宿野外。

換了衣服後，雖然看起來不像女生，但經常被認為比實際年齡更小。這裡的治安很差，好幾次都被目露凶光的傢伙糾纏，她已經對用劍威脅他人這件事沒有絲毫的猶豫。

白天走在路上時，她小心提防每個擦身而過的人；夜晚必須和妖魔作戰。如果在晚上睡覺，可能會遭到妖魔的襲擊，所以她改成了夜晚趕路，白天睡覺的作息方式。

沿著幹道的廬，有些住家會賣食物，但只有白天而已，而且，陽子身上沒有錢，所以當然無法買食物吃。

她曾經多次因為飢餓難忍，克制了內心的厭惡想要去找工作，但有大量難民流入的城鎮根本找不到工作，更何況是看起來手無縛雞之力的小孩子，不可能有人願意僱用她。

夜幕降臨後，妖魔就會現身，有時候也會在白天出現，令陽子疲於奔命。疲勞和飢餓毫不間斷地折磨她，但劍身上出現的幻影和蒼猿的存在，更令陽子煩惱不已。

每次看到母親哭泣的身影就很痛苦，蒼猿不斷慫恿她，不如一死了之。即使如此，她仍然無法克制自己想要見母親、至少讓我看看以前生活的地方的渴望，也無法戰勝想和別人說說話的欲求。

劍身上的幻影每次都在黑夜出現，反應了陽子想要回家的內心渴望。陽子不知道是因為這把劍只在夜晚展現神奇的力量，還是因為她只有夜晚醒著，所以才會在夜晚看見。

妖魔的襲擊不斷，她無暇回想故鄉的夜晚總是精疲力竭，但稍微平靜的夜晚，內心又痛苦不已。雖然明知道即使劍身開始發光，只要無視它就不會那麼痛苦，但她不夠堅強，無法這麼做。

今晚，陽子逃避妖魔，跑進了山中，背靠著白色的樹，再度看著漸漸浮現燐光的劍身。

她不時會在深山中看到這種白樹，和她以前看過的樹都不一樣。樹皮幾乎是純白色，呈傘狀張開的樹枝差不多有一棟房子那麼大，只是高度並不高，樹頂的樹枝最多不會超過兩公尺。

沒有樹葉的樹枝幾乎垂到地面，雖然很細，但很堅硬，即使用劍也無法砍下樹枝，感覺像是用白色金屬做成的樹。樹枝上結著黃色的果實，只不過好像焊在樹上一樣，怎麼摘都無法摘下來。

即使在夜晚，白色樹枝也呈現明亮的白色，在月光的照射下，感覺更白了，陽子很喜歡這種樹。

雖然樹枝很低矮，但只要撥開樹枝，走向樹幹的方向，樹根旁就有可以讓人坐下的空間。不知道為什麼，每次坐在白樹下，妖摩的襲擊間隔便會拉長，幾乎不會再遭到野獸的攻擊，所以，是十分理想的休憩空間。

陽子鑽到樹下，靠在樹幹上看著手中的劍。在拓丘遇見那個海客老人至今已經過了十多天。

寶劍發出淡淡的光，周圍的樹枝在劍光的照射下發出白光，樹果發出金色的光。

陽子理所當然地等待母親的身影出現，沒想到看到好幾個人影在晃動。

很多人。黑色衣服。年輕女生。寬敞的房間內有很多課桌。

——是教室的景象。

教室內，身穿制服的少女聚在一起。這是陽子熟悉的課間休息場景。吹整得很順的頭髮和熨燙過的制服，乾乾淨淨的白色肌膚。陽子覺得自己和這些少女之間的落差太大，忍不住發出自嘲的笑聲。

「聽說中嶋蹺家了。」

朋友熟悉的聲音打開了話匣子，七嘴八舌的閒聊聲音立刻湧進陽子的耳朵。

「蹺家？不會吧？」

「真的啦。中嶋昨天不是沒來上課嗎？聽說是蹺家了，昨天晚上，中嶋的媽媽打電話給我，我嚇了一大跳。」

（原來是很久以前的事……）

「太驚訝了。」

「沒想到班長會蹺家。」

「不是經常有人說，越是看起來老實的人，越不知道背地裡在做什麼。」

「搞不好喔。」

陽子再度笑了起來。同學的聊天內容和自己目前所處狀況的落差未免太好笑了。

「聽說有奇怪的人來學校找她，而且是看起來就很危險的男人。」

「男人！她真敢啊。」

「所以是私奔嗎？」

「也可以這麼說，教師辦公室的窗戶玻璃不是全都破了嗎？就是中嶋的朋友弄破的。」

「真的假的？」

「是怎樣的男人？」

「我也不是很清楚，聽說一頭長髮，還染成金色，穿著長長的衣服，打扮很奇怪。」

「原來中嶋是重金屬樂迷。」

「搞不好喔。」

（景麒……）

陽子像亡靈般動彈不得，看著幾個同學的議論紛紛。

「我早就覺得她的頭髮絕對是染的。」

「她不是說，那是天生的嗎？」
「絕對是說謊啊，怎麼可能有人頭髮天生是那種顏色？」
「但是，聽說她的大衣和書包還留在教室。」
「喔？怎麼會這樣？」
「昨天早上，森塚發現的。」
「真的是私奔吧？揮揮手，不帶走一片雲彩之類的。」
「白痴喔，那就不是蹺家，而是失蹤。」
「好可怕……」
「搞不好不久之後，就會在車站前看到尋人啟示。」
「中嶋的媽媽會拿著看板，在馬路上發尋人啟示。」
「請大家協尋她女兒嗎？」
「你們這些人，留點口德好嗎？」
「反正和我沒關係啊。」
「誰叫她要蹺家。」
「對啊，越是這種乖寶寶，越容易誤入歧途。」
「她不是私奔了嗎？這種老實人，一旦陷入熱戀，就不知道會做出什麼。」

「好冷淡喔，妳不是中嶋的好朋友嗎？」

「我是會和她說話啦，但老實說，我並不喜歡她。」

「我懂，她一副自以為是乖寶寶的樣子。」

「就是啊。」

「什麼父母管教很嚴格，她以為自己是千金大小姐嗎？」

「太同意了。不過，她每天都會把功課做好，倒是幫了大忙。」

「對，沒錯，今天的數學習題卷我也還沒做。」

「我也沒做。」

「有沒有人做好了啊？」

「只有中嶋會做啦，但她不在啊。」

「陽子，趕快回來吧。」

頓時響起一陣哄堂大笑。眼前的平靜景象突然模糊，漸漸扭曲，失去了原本的形狀。她眨了眨眼睛，視野變得清晰了，但眼前只有一把失去光芒的劍。

6

陽子放下了劍，覺得握在手上格外沉重。

雖然她心裡很清楚，那些稱為朋友的人其實並不是真正的朋友。

大家只是在人生的某個階段，一起被關在狹小的牢獄之中朝夕相處而已。一旦升級分班，就會忘記彼此，畢業之後，更是老死不相往來。大部分人應該都是這樣。

即使很明白這個道理，淚水還是忍不住湧上心頭。

她知道那只是短暫的關係，但在內心深處，還是期待在這種關係中，隱藏著某些真誠。

如果可以，陽子很想衝進教室，告訴她們自己目前所處的狀況，不知道她們聽了之後，會有什麼反應。

她們是生活在遙遠的世界、和平國家的人，她們一定也有各自的煩惱和痛苦，就像陽子以前一樣。想到這裡，陽子發自內心地笑了起來，躺在地上，蜷縮著身體。

自己遠離了這個世上所有的一切，孑然一身——形單影隻地蜷縮在這裡。這是徹底的孤獨。

她想起以前和父母頂嘴的時候，和朋友鬧不愉快的時候，陷入感傷，情緒低落時，也曾經認為自己很孤獨。現在才發現當時的自己多麼天真。那時候的自己有家可歸，身邊有著絕對不會與自己為敵的人，也有可以安慰自己心靈的事物，即使失去了這一切，也可以立刻交到新朋友，即使只是做表面工夫的朋友。

這時，耳邊響起一個無論聽再多次，仍然感到刺耳的討厭聲音，蜷縮在地上的陽子忍不住皺起了眉頭。

「所以我告訴妳，妳回不去了。」

「你少囉嗦。」

「如果妳以為自己可以回去，那就試試啊。即使回去原來的世界，也不會有人等妳。沒辦法，因為妳根本不值得別人等待。」

這隻猴子似乎和劍身上的幻影有關，蒼猿每次都在陽子看到幻影的前後出現，並不會對陽子造成任何危害，只是用刺耳的聲音和語氣，說一些陽子不想聽的話而已。也許是因為這樣，冗祐也不會有任何動靜。

「——媽媽在等我。」

她想起之前在幻影中，看到媽媽哭著撫摸絨毛娃娃的身影。即使以前她認為是朋友的同學中沒有真正的朋友，媽媽也絕對會支持我。想到這裡，思念湧上心頭，她感到一陣鼻酸。

「媽媽在哭，所以，我一定要回去。」

猴子放聲大笑起來。

「因為她是妳媽媽，孩子失蹤了，當然會難過。」

「……什麼意思？」

陽子抬起頭，蒼猿發出藍光的脖子出現在長滿矮草的地面上，一伸手就可以碰到。

「她只是因為失去自己的孩子感到難過，並不是因為妳消失而感到難過，她只是覺得這樣的自己很可憐，難道妳連這一點也不明白嗎？」

陽子感到一陣難過，卻無法反駁。

「即使那個孩子不是妳，是更加糟糕的小孩，做母親的也會感到難過。因為這就是母親啊。」

「閉嘴。」

「妳不要這麼凶嘛，我只是實話實說而已。」

猴子發出嘎嘎嘎的聲音放聲大笑起來。

「就像是飼養多年的家畜一樣，一旦飼養，就會有感情。」

「閉嘴！」

陽子微微起身，舉起了劍。

「好可怕，好可怕。」

猴子繼續笑著。

「即使是那樣的父母，妳也會想念他們嗎？」

「我不想聽。」

「我知道。妳只是想回家，並不是想見父母，只是想回到溫暖的家，和有朋友在的地方。」

「……什麼？」

猴子嘎嘎嘎地大笑起來。

「妳以為父母就不會背叛妳嗎？真的是這樣嗎？父母就和飼主差不多。」

「哪裡差不多？」

「妳和貓狗沒什麼兩樣，乖巧可愛的話就會受到寵愛，如果反過來咬飼主，或是把家裡弄得一團糟，就從此不再受寵。雖然他們為了顧及面子，不至於把妳趕出家門，但如果沒有人抗議，這個世界上應該有很多父母想把小孩子掐死。」

「愚蠢。」

「是嗎?的確很愚蠢。」

猴子促狹地張大眼睛。

「他們只是喜愛自己疼愛兒女的樣子,我的確說了蠢話,因為其實他們只是很喜歡假裝自己是疼愛兒女的父母。」

猴子嘎嘎嘎的尖笑聲刺進耳朵。

「……你!」

「妳不是也一樣嗎?嗯?」

陽子鬆開握著劍柄的手。

「妳對扮演乖孩子樂在其中。妳是因為覺得父母說的話都很正確,所以才聽父母的話嗎?難道不是因為擔心忤逆父母會挨打,只是在取悅飼主而已嗎?」

陽子立刻咬著嘴脣。雖然她並不擔心父母會把她打出家門,但她知道自己的確因為害怕挨罵,害怕家裡的氣氛不好,害怕父母不幫自己買想要的東西,害怕會遭到處罰,所以久而久之,開始對父母察言觀色。

「妳這乖孩子根本是偽裝的,妳並不是乖孩子,而是害怕被趕出家門,所以假裝聽父母的話。所謂的好父母也是偽裝的,是害怕被人指指點點,所以才去做一些世間父母該做的事。彼此都是虛偽的人,不可能不背叛對方,妳早晚會背叛妳的父母,妳的父母也會背叛妳。人類都是這樣，相互欺騙、相互背叛。」

「你……這個妖怪！」

猴子笑得更大聲了。

「妳現在越來越伶牙俐齒了。沒錯，我是妖怪，但是，我很誠實，沒有半句假話，只有我不會背叛妳。真可惜，我好心告訴妳實話。」

「閉嘴！」

「妳回不去的，不如一了百了。如果沒有勇氣去死，就試著用那個讓自己過得更好。」

猴子看著陽子舉起的劍。

「我勸妳對自己坦誠一點，妳沒有朋友，到處都是敵人，景麒也是敵人。妳肚子很餓吧？妳想要過更好的日子吧？那就用手上的武器，用它去威脅他人。」

「你煩死了！」

「反正每個人手上的都是髒錢，就讓他們交一點出來，妳至少可以過得更輕鬆。」

陽子把劍砍向傳來嘎嘎刺耳笑聲的方向，但猴子已經不見蹤影。黑夜中，只聽到笑聲漸漸遠去。

陽子撥著泥土，似乎有什麼東西滴落在已經彎成鉤爪般的手指之間。

7

陽子漫無目的地走在路上。不知道已經離開了拓丘幾天，也不知道自己離家多久了，即使她想要計算，也回想不起來了。

她不知道自己身處何處，更不知道要走去哪裡，也對這些事失去了興趣。

日落之後，她緊握寶劍而立。一旦敵人出現，她就舉劍迎戰。天亮之後，就找地方睡覺。這樣的日子持續了一天又一天。

如今，她必須整天握著玉珠，把寶劍當成拐杖才能站起來。敵人離開後，她坐下來休息；敵人攻擊的間隔拉長時，她拖著沉重的步伐前進；附近沒有人類的動靜時，她整天呻吟代替說話。

飢餓纏身，已經變成了身體的一部分。她曾經因為飢餓難耐，割開妖魔的屍體，但聞到一股異常的臭味，實在無法下嚥。她曾經殺了遇到的野獸，但當她想要吃的時候，身體已經無法接受固態食物了。

她熬過了不知道第幾個黑夜，迎接了黎明的到來。她打算從幹道走進山裡時，被樹根絆倒了，從長長的斜坡滾落下來，她乾脆在那裡睡覺，在入睡之前，甚至沒有觀察周圍的環境。

她睡得很沉，完全沒有作夢，當她醒來時，用盡全身的力氣也無法站起來。周圍是一片樹影稀薄的樹林中的窪地，太陽漸漸下山，天色很快就會暗了。如果繼續留在這裡，很快就會成為妖魔的食物。如果只遭到一、兩次襲擊，冗祐會使出渾身解數奮戰，但如果妖魔持續襲擊，身體恐怕無法聽從使喚。

陽子用尖爪刺向地面，無論如何，至少要回到幹道。

如果不回到幹道向他人求助，只能在這裡等死。她摸索著掛在脖子上的玉珠，可即使用力握著玉珠，也無法把劍當成拐杖讓自己站起來。

「不會有人幫妳的。」

突然聽到一個聲音，陽子轉過頭。這是她第一次在天黑之前聽到那個聲音。

「這下妳終於可以解脫了。」

陽子看著猴子身上好像灑了一層白粉的毛，呆呆地想著，這隻猴子為什麼會在這個時間出現？

「即使妳爬到幹道上，也會被人抓住。如果要說幫妳，也算是幫妳啦，搞不好那個人會大發慈悲，痛痛快快地殺了妳。」

猴子說得沒錯。陽子心想。

必須向人求助，但是這個願望太強烈，她反而覺得不可能有人來幫助自己。即使走到幹道上，也不會有人伸出援手。即使有人經過，也不會有人回頭多看她一眼，也許只會對渾身髒兮兮的流浪者皺眉頭。

即使不是如此，也可能會把她洗劫一空。那個人會走向陽子，察看有什麼值錢的東西，然後奪走寶劍，或許還會賜她一刀。

這個國家就是這種地方。想到這裡，陽子突然領悟了一件事。

那隻猴子每次出現，都來吞食陽子的絕望，就像讀心妖一樣，道出陽子隱藏在內心的不安，讓她感到挫折。

陽子為自己解開了一個內心的疑惑而感到高興，輕輕笑了笑，身體也因此湧現了力氣，翻了一個身。她手臂用力，把身體撐了起來。

「不是趁早放棄比較好嗎？」

「……你少囉嗦。」

「妳是不是想要解脫？」

「你少囉嗦。」

陽子把劍插在地上，努力想要讓癱軟的膝蓋用力，慘叫一聲，用手抓著劍柄撐起身體。她想要站起來，但身體失去平衡。自己的身體這麼沉重嗎？簡直就像是爬行動物。

「妳那麼想要活下去嗎？活著有什麼好處？啊？」

「……我要回去。」

「即使經歷這麼多痛苦，讓妳活了下來，妳也回不去。」

「我要回去。」

「回不去了。根本沒有方法可以渡過虛海。妳會在這個國家遭到背叛，然後死在這裡。」

「你騙人。」

這把劍是陽子唯一的依靠，她握著劍柄的手用力。她無依無靠，但這把劍會保護她。

——而且——

陽子心想。

這是唯一的希望。景麒交給她這把劍時，並沒有說，她再也無法回家。只要見到景麒，或許可以找到回去的方法。

「妳能斷言景麒不是敵人嗎？」

——絕對不能有這種想法。

「他真的會幫妳嗎？」

——也不能對此產生懷疑。

比起像現在這樣毫無線索地徘徊，無論景麒是敵是友，早日找到他最重要。見到景麒之後，一定要問他為什麼把自己帶來這裡？有沒有可以回去的方法？要把所有的疑問統統問清楚。

「回去又能怎麼樣呢？回去就大團圓了嗎？」

「……你給我閉嘴。」

陽子心裡很清楚，即使回去之後，也無法忘記在這個國家遭遇的惡夢，不可能像以前一樣生活，假裝一切都沒有發生過。更何況即使可以回去，也無法保證自己的容貌可以變回原來的樣子。果真如此的話，就無法回到「中嶋陽子」以前生活的地方。

「妳真膚淺，真是無可救藥的笨蛋。」

陽子聽著猴子發出嘎嘎嘎的笑聲漸漸遠去，再度站了起來。

她不知道自己為什麼無法放棄。她知道自己很愚蠢，也很膚淺，但如果現在放棄，為什麼不在之前就放棄？

陽子回想著自己遍體鱗傷、血跡斑斑、沾滿汙泥的身體，只要稍微挪動身體，漸漸變成破布的衣服上就發出陣陣惡臭。即使如此，仍然是不惜一切保護至今的生命，絕對不能輕易放棄。如果想要一了百了，不如當初在學校的屋頂上被蠱雕攻擊時就死了算了。

並不是因為陽子不想死，八成也不是因為她想要活下去，她只是不想放棄。

一定要回去。一定要回到熟悉的地方。至於等待自己的是什麼，到時候再考慮就好。想要回去，就必須繼續活下去，所以必須保護這條生命。她不想死在這種地方。

陽子抱著劍站了起來，把劍刺在斜坡上，開始爬上雜草叢生的坡道。雖然坡道很緩、很短，但她從來沒有爬得這麼辛苦過。

她連續打滑了好幾次，不斷激勵想洩氣的自己，一步一步往上走。她一路呻吟，最後伸手時，終於摸到了幹道的邊緣。

她豎起尖爪抓住幹道的地面，呻吟著爬了上去。當她趴在平坦的地面上時，聽到了輕微的聲音。

聽到山路另一端傳來的聲音，陽子忍不住露出了苦笑。

——該來的還是躲不過。

陽子恨死了這個世界。

沿著山路越來越近的叫聲像極了嬰兒的哭泣聲。

8

之前曾經在山路上攻擊陽子的那群黑狗蜂擁而上。

當陽子揮著沉重的劍，撂倒大部分黑狗時，她的全身已經沾滿了血。她揮劍砍向一隻撲過來的黑狗後，忍不住跪在地上。左側小腿被咬了很深的傷口，似乎已經麻木，完全不覺得疼痛，但腳踝以下的感覺很遲鈍。

她看了一眼染成鮮紅色的腳，看了一眼山路上剩下的敵人。目前只剩下一隻了。最後剩下的那一隻比已經倒地的其他黑狗整整大了一圈，體力也有明顯的差異，陽子已經砍了兩刀，但黑狗似乎不為所動。

黑狗壓低身體，陽子重新握緊劍柄。已經握得很順手的劍變得格外沉重，連舉起來都非常困難。她感到頭暈目眩，神志有一半已經不太清醒。

她向跳過來的影子舉起了劍，但她無法揮劍，而是用體重的力量砍了下去。即使借助了冗祐的力量，也無法再揮劍了。

黑影被寶劍打到後，滾落在地，但隨即站了起來，再度撲了過來。陽子朝向黑狗的鼻子伸出了劍。

怪獸的臉被割開了，卻用銳利的爪子撕裂陽子的肩膀。巨大的衝擊讓她手上的劍差一點掉落，她好不容易才握在手上，用盡全身的力氣砍向尖叫一聲倒地的影子。

因為太用力了，她整個人往前衝，終於成功地砍中了黑狗的脖子。

劍砍斷了黑色的毛皮，然後插進泥土中。劍尖插向的地面四周，濺了滿地的深紅色鮮血。

倒地的陽子動彈不得，同樣倒地的敵人也完全不動了。

雙方只相距短短一公尺，彼此充滿警戒，抬頭窺視著對方。陽子的劍仍然插在地上，敵人仍然淌著血。

雙方對峙片刻，陽子先採取行動。

她用無力的手重新握住劍柄，用插在地面的劍尖支撐體重，站了起來。

敵人慢了一拍，也站了起來，但立刻又倒下了。

陽子好不容易拿起沉重的劍，用膝蓋跪行到黑狗面前，雙手舉起了劍。

敵人抬起頭，在呻吟的同時，鮮血噴了出來，四肢無力地抓著地面，卻再也無法站起來了。

她用雙手撐起寶劍的重量，重重地向怪獸的脖子砍下去。被血肉模糊的劍身砍進毛皮，伸出爪子的怪獸四肢開始痙攣。

怪獸繼續噴著血，嘴裡似乎嘀咕了什麼。

陽子再度用盡渾身的力氣舉起沉重的寶劍，然後砍了下去，這次怪獸連一動也不動了。

陽子看到怪獸的脖子有一半被劍砍斷，才終於鬆開劍柄，然後仰躺在地上。頭頂上的雲低垂著。

她看著天空，大聲喘著氣，側腹感受到灼燒般的疼痛，每次呼吸，喉嚨便似乎快要撕裂，手腳也像斷了似的完全沒有知覺。

她很想抓玉珠，但連指尖也無法動彈。她忍著好像暈船般暈眩的感覺，看著天空中流動的雲，雲被染成淡淡的紅色。

她突然感到一陣反胃，立刻轉過頭，躺在地上嘔吐起來。帶著惡臭的胃酸沿著臉頰流了下來，隨即被急促的呼吸一起吸進了喉嚨，她用力咳了起來。她翻了一個身，繼續咳了很久。

——我活下來了。

無論如何，總算活了下來。

她在咳嗽時，腦海裡不斷想著這句話。呼吸終於平靜時，陽子聽到了隱約的聲音。

——那是踩在泥土上的腳步聲。

「……」

她以為還有敵人，立刻抬起頭，但視野開始旋轉，眼前一片昏黑，她的臉撞向地面。

她已經無法站起來。

但是，她無法忘記發暈的雙眼在不到剎那之間捕捉到的景象。

——金色。

「——景麒！」

她的臉埋在土裡大叫著。

「景麒！」

——果然是你。

——是你帶來那些妖魔。

「告訴我理由！」

腳步聲越來越近，陽子抬起了頭。

她好不容易抬起的視線最先捕捉到色彩鮮豔的衣服，接著才看到金色的頭髮。

「為什麼……」

她想要問：「為什麼要這麼做？」但無力說出口。

她身體後仰，抬頭看到了對方的臉，原來並不是景麒。

「……啊！」

那不是景麒，而是一個女人。

她目不轉睛地低頭看著陽子，陽子張大眼睛回望著她。

「妳是誰……」

那個女人留著一頭金髮很好看，看起來比陽子年長十歲，一隻色彩鮮豔的大鸚鵡停在她削瘦的肩上。

她帶著哀愁的表情楚楚動人。陽子仰頭望著她，發現她一臉泫然欲泣的表情。

「妳……是誰？」

陽子用嘶啞的聲音問，女人目不轉睛地望著陽子而不答話，淚水從她清澈的雙眼滴落。

「怎麼了……」

她深深地眨著眼，透明的淚水順著她的臉頰滑落。

意外的狀況讓陽子說不出話，女人轉過頭，看向一旁怪獸的屍體。她露出悲痛的表情注視片刻後，緩緩踏出一步，跪在屍體旁。

陽子默默看著她，沒有說話，也無法動彈。雖然她從剛才就努力想要起來，但連一根手指都動不了。

女人輕輕伸出手，摸著怪獸。當她的指尖沾到鮮血時，立刻好像被灼傷似的收了手。

「妳是誰……」

女人還是沒有回答，她再度伸出手，握著刺中怪獸的劍柄，把劍拔了出來。她把劍放在地上，把怪獸的頭抱在自己的腿上。

「這些都是妳派來的嗎？」

女人默然不語，撫摸著腿上的怪獸，看起來很昂貴的衣服上沾到了黏稠的鮮血。

「之前的妖魔也是妳派來的？妳對我有什麼深仇大恨？」

女人抱著怪獸的脖子搖頭，陽子皺起眉頭時，女人肩上的鸚鵡拍打著翅膀。

「殺了她！」

發出尖銳叫聲的不是別人，而是那隻鸚鵡。陽子驚訝地看向鸚鵡，女人也張大了眼睛，看著自己肩上的鳥。

「給她致命一擊！」

女人終於開了口：

「……我做不到。」

「殺了她！取她的性命！」

「……請原諒我！這件事我做不到！」

女人激烈地搖著頭。

「這是我的命令！殺了她！」

「我做不到！」

鸚鵡用力拍打著翅膀飛向空中，在空中盤旋了一圈，降落在地面。

「那就把劍搶過來。」

「這把劍是她的，即使搶過來也沒用。」

女人的聲音中帶著哀求。

「那就砍斷她的手！」

鸚鵡尖聲叫著，站在地上用力拍打翅膀。

「妳至少要這麼做，砍下她的手，讓她無法揮劍！」

「……我做不到，況且，我無法使用那把劍。」

「那就用這個。」

鸚鵡張大嘴，從嘴巴深處、圓形舌頭的更深處，出現了某種發光的東西。

陽子張大眼睛。鸚鵡把發出黑光的棒狀物前端吐了出來，在驚愕的陽子面前，慢慢吐了出來。鸚鵡花了一分鐘左右，終於吐出一把帶著黑色刀鞘的日本刀。

「用這個。」

「拜託妳，請原諒我。」

女人的臉上充滿絕望，鸚鵡再度拍著翅膀。

「動手！」

女人似乎對這個聲音感到害怕，用雙手捂著臉。

陽子掙扎著，她必須起來趕快逃走，但她用盡了力氣，也只能勉強用指尖抓地面的泥土而已。

女人淚流滿面地回頭看著陽子。

「……住手！」

陽子的聲音極度沙啞，連自己也聽不到。

女人把手伸向鸚鵡吐出的刀子，用沾滿怪獸鮮血的手把刀子從刀鞘中拔了出來。

「住手……妳是什麼人？」

那隻鸚鵡是誰？剛才那些怪獸又是誰？為什麼要這麼做？

女人微微動著嘴唇，陽子聽到她很小聲地說：「請原諒我。」

「……拜託妳，住手！」

女人把刀尖對著陽子抓著泥土的右手。

奇怪的是，女人臉色蒼白，好像隨時會昏倒。

旁觀的鸚鵡飛了過來，停在陽子手臂上。鸚鵡的尖爪刺進她的肌膚，陽子感到格外沉重，好像有一大塊岩石壓在她手上。她想撥開，但手臂完全無法動彈。

鸚鵡尖叫著：「動手！」

女人舉起刀。

「住手！」

陽子用盡渾身的力氣，想要移開手臂，但被鸚鵡的重量壓著的無力手臂還來不及移開，女人的刀子已經揮了下來。

沒有疼痛，只感受到巨大的衝擊。

陽子無法親眼見證自己的命運。

在衝擊變成疼痛之前，陽子就失去了意識。

9

陽子在劇痛中恢復了意識。

她立刻抬眼確認自己的手臂，發現手上插了一把刀子。

起初她不瞭解那把指向烏雲密布的天空的刀子代表什麼意義——

隨即因為劇痛回過了神。

那把刀子把陽子的右手釘在地上。

細細的刀身深深地插進手背，陣陣疼痛竄向頭頂。

她輕輕活動手腕，撕裂般的疼痛讓她忍不住慘叫起來。

她忍著暈眩和疼痛坐了起來。她小心翼翼，避免對釘在地上的手造成更大的傷害，終於坐了起來，伸出顫抖的左手，抓住刀柄。她閉上眼睛，咬緊牙關，把刀子拔了出來，全身又是一陣痙攣般的劇痛。

陽子把拔出來的刀子丟在一旁，把受傷的手抱在胸前，在黑狗的屍體之間痛得打滾。她痛得無法叫出聲音，因為極度疼痛，強烈地想要嘔吐。

她在打滾時，用左手在胸前摸索，握住玉珠後，扯斷了繩子，把玉珠放在右手上。她咬緊牙關，痛苦地呻吟著，用力把玉珠壓在右手上，全身蜷縮成一團。

寶物的奇蹟拯救了陽子，疼痛迅速消失。不一會兒，她屏住呼吸，用力坐了起來。

她把玉珠壓在傷口上，輕輕活動了下右手的手指，發現手腕以下完全沒有知覺，只好用左手讓右手握住玉珠。

陽子躺在地上，把右手抱在胸前。她微微張開眼睛看著天空，雲仍然被染成紅色，她失去意識的時間似乎並不久。

那個女人是誰？為什麼要這麼做？雖然有很多疑問，但她無法思考，只能摸索著尋找自己的劍，握住劍柄後，把劍和右手都抱在胸前，蜷縮著躺在那裡。

躺了不一會兒，她聽到一個聲音。

「……啊！」

她順著聲音的方向看去，發現一個小女孩站在那裡。女孩轉頭看向背後叫了一聲：

「媽媽。」

一個女人小跑過來。

小女孩一臉天真無邪，她的母親看起來是老實人，一身窮人的打扮，身上背著一個大行李。

小女孩和母親都一臉擔心地跑了過來，當她們跨過怪獸的屍體時似乎覺得很噁心，兩人都皺起了眉頭。

陽子無法動彈，只能躺在地上茫然地看著那對母女向自己跑來。得救了。這個念頭一閃而過，但隨即感到不安。

陽子目前迫切需要他人的幫助。雖然不再感到劇痛，但疼痛並沒有完全消失，而且，她的體力已經耗盡，甚至沒有力氣再站起來。

正因為如此，她內心的懷疑更勝於喜悅。因為這一切未免安排得太巧妙了。

「……你怎麼了？你還好吧？」

女孩的小手摸著陽子的臉，女人把陽子抱了起來，隔著衣服感受到的體溫讓陽子感覺很不舒服。

「發生什麼事了？遭到這些妖魔的攻擊嗎？你受傷很嚴重嗎？」

女人問完，把目光停留在陽子的右手上，輕輕驚叫了一聲。

「……怎麼會這樣？你等一下。」

女人把手伸進衣服的懷裡，拉出一條像手巾般的薄布，按在陽子的右手上。女孩拿下身上的小包裹，從裡面拿出竹筒遞給陽子。

「哥哥，你要喝水嗎？」

陽子猶豫起來。她不由得感到不安。

那個水筒放在小女孩的包裹裡，不是在遞給陽子之前放進去的，代表是她為自己準備的，既然這樣，水裡不可能有毒。

陽子如此說服自己後，點了點頭，女孩的小手打開竹筒的蓋子，把竹筒放到陽子的嘴邊。溫熱的水流進喉嚨，陽子頓時感到呼吸順暢。

女人問陽子：

「你是不是餓了？」

雖然現在並沒有感到飢餓，但陽子知道自己極度飢餓，所以點了點頭。

「多久沒吃東西了？」

陽子懶得回想多久沒有進食，所以沒有回答。

「媽媽，我有炸麵包。」

「啊，不行不行，現在哥哥沒辦法吃，妳拿糖果給哥哥。」

「嗯。」

女孩打開母親剛才放下的行李，籃子裡有大小不同的罐子，女孩從裡面拿出麥芽棒棒糖。陽子之前曾經多次看到有人挑著這樣的行李，應該是沿途賣麥芽糖的商人。

「給你。」

陽子這次毫不遲疑地用左手接了過來，糖果放進嘴裡後立刻感受到甜甜的滋味。

「你在旅行嗎？到底發生了什麼事？」

陽子沒有回答。她無法說出真相，但也無力思考謊言。

「被妖魔攻擊後居然還能活下來——你可以站起來嗎？太陽已經下山了，這裡離山麓的里不遠，你有力氣走到那裡嗎？」

陽子搖了搖頭。她想表達不想去里的意思，但那個女人似乎認為她走不動，回頭對女孩說：

「玉葉，妳趕快跑去里找人來。沒有時間了，跑快一點喔。」

「嗯。」

「不用了。」

陽子坐了起來，看著那對母女。

「謝謝妳們。」

陽子婉拒了她們的好意，費力地站了起來。她打算穿越山路後，走向有著陡峭坡道的對側。

「等一下，你要去哪裡？」

陽子根本不知道自己要去哪裡，所以沒有回答。

「等一下，太陽已經下山了，你去山裡，只有死路一條。」

陽子緩緩走過山路，每走一步，右手就發痛。

「和我們一起去里吧？」

那條上坡道很陡，想要爬上去——而且是在只有一隻手可以使用的狀態下爬上去很辛苦。

「我們是走江湖的商販，要去博朗，不是什麼可疑人物，你至少先和我們一起去里再說，好不好？」

陽子抓著向路面伸展的樹枝。

「喂，等一下！」

「妳為什麼這麼堅持？」

陽子回頭問道，女人一臉錯愕地張大了眼睛，就連女孩也愣在原地，露出莫名其妙的表情看著陽子。

「請妳不要管我，還是說，我和妳們一起去里，妳可以得到什麼好處？」

「不是你想的這樣！天色已經暗了，你受了傷——」

「我知道……妳還帶著孩子，妳們趕快走吧。」

「你……」

「我已經習慣了——謝謝妳的糖果。」

女人不知所措地看著陽子。她可能只是好心，也可能並不是這麼單純。陽子不知道女人是好是壞，也不想知道。

她費了很大的力氣爬上一小段斜坡，下面傳來叫她的聲音。她轉頭一看，發現女孩向她伸出雙手，一隻手拿著裝了水的竹筒，另一隻拿著陶瓷的杯子。杯子裡裝了滿滿的糖果。

「你帶在身上，雖然這點東西派不上大用場。」

陽子看向那個母親。

「但是——」

「沒關係——玉葉，去吧。」

女孩聽到母親的催促，踮著腳，把東西放在陽子的腳下，放完之後，轉身跑回已經背起行李的母親身旁。

陽子茫然地看著女孩背起自己的行李，不知道該如何反應，呆呆地看著這對母女頻頻回頭走下坡道。

當那對母女不見蹤影後，陽子才撿起竹筒和杯子。不知道為什麼，她的雙腿一軟，癱坐在地上。

——這樣做應該是對的。

沒有人能夠保證那對母女是善良的人，也許一到里，她們就會態度丕變。即使不見得這麼糟糕，一旦知道她是海客，便會把她交給公所。所以，即使再怎麼痛苦，仍然必須小心提防，不能輕易相信別人，不能抱有期待，如果太天真，到頭來吃虧的是自己。

「她們搞不好想要幫妳。」

那個刺耳的聲音再度響起，陽子頭也不回地回答：

「搞不好是陷阱。」

「可能這是最後一次機會。」

「也可能根本不是機會。」

「憑妳的身體和妳的手，能夠熬過今晚嗎？」

「應該沒問題。」

「妳應該跟她們一起走。」

「這麼做是對的。」

「妳浪費了第一次，也是最後一次，更是唯一的機會。」

「——閉嘴！」

她回頭把劍砍了過去，猴子的腦袋已經不見了，只有嘎嘎嘎的笑聲消失在斜坡上的雜草中。

陽子不時回頭張望，暮色中的山路上落下點點黑色，下起了第一場雨。

10

那一夜，是至今為止最難熬的夜晚。

她已經耗盡了體力，冰冷的雨帶走了她的體溫。越是痛苦的夜晚，妖魔卻越是格外囂張。

黏在身上的衣服妨礙行動，僵硬無力的身體不聽使喚。右手雖然勉強恢復了知覺，但完全沒有握力，想要握住劍根本是極大的困難，而且因為下雨的關係，劍柄很滑，四周一片漆黑，看不清敵人的身影。雖然那一晚襲擊她的妖魔並不大，但接連不斷，沒完沒了。

她跌進泥地中，渾身濺滿了妖魔的血，也流滿了自己身上傷口所流下的血，但血都被雨水沖走，也沖走了她最後的力氣。劍很沉重，冗祐的動靜似乎越來越微弱，每遇到一次敵人，劍尖似乎就往下沉一點。

她帶著祈禱的心情仰望天空，等待黎明的來臨。每次需要奮戰的夜晚總是在轉眼之間就結束了，但這一晚敵人的攻擊不斷，漫長得十分可怕。寶劍好幾次都落在地上，每次撿起來，都已是傷痕累累，在天色終於微亮時，她看到了白色的樹影。

陽子連滾帶爬地鑽到樹枝下方，堅硬的樹枝刮傷了她的身體，但緊追不捨的敵人不再有動靜。她在樹枝下喘息時，敵人還站在遠處，但隨即消失在雨中。

當敵人的動靜完全消失後，天色終於亮了起來，樹木漸漸產生了樹影。

「……活下……來了。」

陽子鬆了一口氣。她聳著肩膀喘著氣，雨滴落在她的嘴裡。

「我……熬過……來了……」

沾到泥巴的傷口疼痛不已，但她已經顧不了這些。

她躺在地上調整呼吸，等待隔著白色樹枝看到的天空漸漸泛白。當呼吸平靜時，她感到渾身發冷。白色的樹枝無法擋雨，她知道必須離開樹下，找一個地方躲雨，身體卻完全動不了。

她用力握著玉珠，努力想要汲取、累積溫暖了指尖的奇妙力量。她用渾身的力氣翻了身，爬出樹下，移向斜坡的低處。因為草和泥土都很溼，所以爬起來很輕鬆。

她在移動時，盡可能不偏離幹道，但因為深夜沒有光線，再加上被敵人追趕，所以無法想像自己到底逃進了多深的山裡。

她握著玉珠，抓住寶劍站了起來。

她知道自己受了傷，也感受到劇烈的疼痛，卻不知道到底哪裡痛。每走一步，雙腿都幾乎軟倒，但她咬牙撐了下來。

她幾乎是用爬的方式下了斜坡，來到一條看起來不像是幹道的小路。小路上沒有車輪的痕跡，路面的寬度也無法讓馬車通過。她終於撐不下去了，跪在地上，手抓著樹木想要站起來，但手完全沒有力氣。

她一頭栽向泥濘的路面，再也無法動彈了。

她緊緊握著玉珠，從玉珠上隱約傳來的溫暖無法帶給她任何慰藉。雨水所帶走的遠遠超過玉珠提供的熱量，這代表寶物的奇蹟也終於無法再發揮作用了。

——我會死在這裡嗎？

想到這裡，她忍不住笑了笑。

全班同學中，應該只有自己死在荒郊野外吧。

她們和自己生活在不同的世界。她們有家可歸，有保護她們的家人，一輩子都不會體會什麼是飢寒交迫。

陽子已經盡力了，她做了力所能及的事。雖然不想放棄，但無論再怎麼努力，都無法移動一根手指頭。如果忍耐到極限的犒賞就是這樣慢慢死去，或許一路下來的忍耐都值得。

雨聲中傳來尖銳清澈的聲音，她抬眼一看，發現落在臉頰旁的劍發出了淡淡的光芒。陽子的臉趴在地上，無法清楚看到劍身，但在打上地面的濛濛細雨中，仍然看到了淡淡的影子。

——我覺得中嶋……

她聽到一個男人的聲音。

陽子的班導師坐在那裡，但不知道那是什麼地方。

「我覺得中嶋是溫順老實的學生，至少對班導師來說，是完全不需要操心的學生。」

班導師不知道在和誰說話。接著傳來對方的聲音，是一個低沉的男人聲音——

「她有沒有和不正派的人交往？」

「不知道。」

「你不知道嗎？」

班導師聳了聳肩。

「中嶋是個無可挑剔的優等生，根本不需要擔心她日常的生活，或是不小心誤入歧途。」

「不是有一個可疑的男人闖進學校嗎？」

「是啊，但中嶋說不認識對方，只是我不曉得是真是假，因為中嶋有些地方讓人捉摸不透。」

「捉摸不透？」

班導師皺著眉頭。

「好像這麼說也不太對，我說不上來。中嶋不是優等生嗎？她和班上的同學關係也很好，和父母的關係也不錯，但是，照理說，不可能有這種事。」

「……喔？」

「雖然我不該這麼說，但老師會有老師的要求，父母也會有父母的要求，同學當然也有同學的立場，任何人都有各自心目中理想的學生形象，然後強迫學生符合自己心目中的要求。這三方的意見不可能一致，一旦符合教師和父母的期待，就會惹同學討厭。因為想在任何人面前都當好學生，就得配合每一個人的要求。也許是因為這個原因，中嶋雖然和大家關係都很好，但沒和誰特別親近，只是配合每一個人而已。」
「你對她有什麼看法呢？」
班導師皺起眉頭。
「說實話，對老師來說，稍微調皮搗蛋、要操點心的學生比較可愛。我雖然覺得中嶋是好學生，但她畢業之後，我恐怕就會忘記她。即使在十年後開同學會，應該也不記得她這個人了。」
「……原來如此。」
「我不知道中嶋是故意這麼表現，還是因為想要當好學生，所以變成這樣的結果，但如果是她故意這麼表現，就很難猜測她在背地裡到底做了什麼；如果不是故意的，當她有朝一日，發現這樣的自己時，一定會覺得很空虛。她可能會懷疑自己的人生到底算什麼，對此感到空虛，然後就銷聲匿跡，這種情況似乎也並不是完全不可能發生。」
陽子呆呆地看著班導師。班導師的影子漸漸變淡，一個少女的影子取代了他。那是和陽子關係不錯的同學。
「聽說妳和中嶋同學關係不錯？」
少女聽到這句話，立刻露出銳利的眼神說：

「沒有啊，我們的關係並沒有特別好。」

「是這樣嗎？」

「雖然我們在學校會說話，但從來沒有在校外見過面，也不會打電話去她家。即使偶爾有這種事，也只是同學之間的往來而已。」

「原來如此。」

「所以，即使向我打聽她的事，我也不知道，我們平時都聊一些無關緊要的事。」

「妳討厭她嗎？」

「並不會特別討厭，但也不喜歡，總覺得她說話很敷衍。雖然我不討厭她，但覺得她很無趣。」

「喔？」

另一個少女說，我討厭中嶋。

「因為中嶋在每個人面前都想當好人。」

「在每個人面前都想當好人？」

「對。比方說，我們在說某一個人的壞話，她就會跟著點頭說，對啊。但是，當那個人說我們的壞話時，她也會點頭附和。她在每個人面前都當好人，所以我討厭她。我和她根本不是好朋友，但她倒是吐苦水的好對象，因為不管對她說什麼，她都會點頭，就這樣而已。」

「——是喔。」

「所以，我想她應該是蹺家了。她可能偷偷和一些不三不四的人交往，即使她和那些人在一起時，大罵老師和班上的同學都超白痴，叫他們去死吧，我也不會驚訝。我覺得她很有可能做這種事，她有一種讓人捉摸不透的感覺。」

「她可能被捲入某起事件。」

「那可能是和那些偷偷交往的人之間發生了什麼糾紛吧？反正和我沒關係。」

另一名少女說，我最討厭她了。

「所以，說句心裡話，她失蹤了，我覺得很痛快。」

「聽說妳在班上被同學欺負？」

「對啊。」

「中嶋也一起欺負妳嗎？」

「對啊。她和大家一起無視我的存在，但還是裝出一副乖寶寶的樣子。」

「……喔？」

「大家不是都會對我說一些難聽的話嗎？這種時候，中嶋不會積極加入，反而露出一副自己討厭這種事的表情。我覺得這種人很卑鄙。」

「原來如此。」
「她一副好人的樣子，用同情的眼光看著我，卻不阻止其他人，所以更讓我火大。」
「我想也是。」
「不管她是蹺家還是被綁架，都和我沒有關係，因為她是加害人，我才是受害人。我才不像她那麼偽善，會去同情她。你們懷疑我也沒關係，我討厭她，看到她失蹤很開心，這是我真實的想法。」
她不是那種孩子。陽子的母親說。她垂頭喪氣地坐著。
「她很乖，根本不可能離家出走，也不會和不良少年交朋友。」
「但是，聽說陽子似乎對家裡有點不滿。」
母親張大眼睛。
「陽子嗎？不可能。」
「聽說她經常向同學抱怨，說父母管教很嚴格。」
「雖然有時候會責罵她，但父母都會罵孩子啊？不，不可能，我完全看不出她對家裡有不滿。」
「所以，妳不知道她為什麼離家出走？」

「不知道，她不可能做這種事。」
「妳認識到學校找陽子的那個男人嗎？」
「不認識，她不可能和那種人來往。」
「那妳認為她為什麼失蹤？」
「可能在放學途中，被人——」
「很遺憾，目前並沒有這種跡象。陽子和那個男人一起離開教師辦公室，然後一起去了某個地方，那個男人並沒有強行把她拉走，也有老師說，他們看起來似乎很熟。」
母親低下了頭。
「雖然陽子聲稱不認識那個男人，但即使沒有見過面，也可能有某種關係，比方說，有共同的朋友之類的。當然，我們會展開搜索……」
「陽子真的向同學抱怨、對家裡不滿嗎？」
「好像是。」
母親捂住了臉。
「她看起來不像有什麼不滿，我也一直以為她不是那種會離家出走，或是偷偷交壞朋友的孩子，更不會被捲入奇怪的事件。」

「小孩子往往不會在父母面前說真心話。」
「聽到別人家孩子的一些事，我常常覺得陽子真是太乖了。現在回想起來，當初就應該起疑心。」
「是啊，小孩子的成長不可能如父母的願，像我家的孩子根本就是一個搗蛋鬼。」
「是啊……她假裝是乖孩子，其實只是在欺騙父母，我完全上了她的當。沒想到相信孩子，反而害了她。」
（媽媽，不是這樣……）
她想哭，卻無法流下淚水。不是這樣。她動了動嘴巴，卻無法發出聲音。然後，幻影突然消失了。
周圍是一片水窪，陽子的臉半趴在泥濘中，已經沒有力氣再站起來了。沒有一個人能夠想像陽子目前所處的狀況。正因為不知道，才會說那些傷人的話。
自己被丟到這個世界，飢寒交迫，遍體鱗傷，苦不堪言，已經連站起來的力氣也沒有了，但仍然想要回家，為了回家，一直咬牙苦撐到現在，但她在故鄉所擁有的，只是僅此而已的人際關係。
——我到底想回去哪裡？
那個世界根本沒有人等待她的歸去，沒有任何屬於她的東西，也沒有任何人瞭解她。欺騙、背叛。原來在這件事上，這個世界和那個世界並沒有差異。

——這種事，我早就知道了。

即使如此，陽子還是想要回家。

她覺得太好笑了，想要放聲大笑，但被雨水凍僵的臉一點都笑不出來。她想要哭，但淚水已經乾了。

——算了。

算了，都無所謂了。反正所有的一切馬上就會結束了。

（接下冊）

奇炫館
十二國記 月之影 影之海（上）
（原名：月の影 影の海（上）十二国記）

著　　者／小野不由美
執 行 長／陳君平
榮譽發行人／黃鎮隆
協　　理／洪琇菁
總 編 輯／呂尚燁
譯　　者／王蘊潔
美術總監／沙雲佩
美術編輯／陳又荻
執行編輯／陳昭燕
封面及內頁插畫／山田章博
國際版權／黃令歡、高子甯
文字校對／施亞蒨
內文排版／謝青秀

出　　版／城邦文化事業股份有限公司　尖端出版
台北市中山區民生東路二段一四一號十樓
電話：（〇二）二五〇〇－七六〇〇
傳真：（〇二）二五〇〇－二六八三
E-mail：7novels@mail2.spp.com.tw
發　　行／英屬蓋曼群島商家庭傳媒股份有限公司城邦分公司　尖端出版
台北市中山區民生東路二段一四一號十樓
電話：（〇二）二五〇〇－七六〇〇（代表號）
傳真：（〇二）二五〇〇－一九七九
中彰投以北經銷／楨彥有限公司（含宜花東）
電話：（〇二）八九一九－三三六九
傳真：（〇二）八九一四－五五二四
雲嘉以南／智豐圖書有限公司
（嘉義公司）電話：（〇五）二三三－三八五二
傳真：（〇五）二三三－三八六三
（高雄公司）電話：（〇七）三七三－〇〇七九
傳真：（〇七）三七三－〇〇八七
香港經銷／城邦（香港）出版集團有限公司
香港灣仔駱克道一九三號東超商業中心一樓
電話：（八五二）二五〇八－六二三一
傳真：（八五二）二五七八－九三三七
E-mail：hkcite@biznetvigator.com
新馬經銷／城邦（馬新）出版集團 Cite（M）Sdn. Bhd.
E-mail：cite@cite.com.my
法律顧問／王子文律師　元禾法律事務所
台北市羅斯福路三段三十七號十五樓
二〇一四年八月一版一刷
二〇二三年十一月一版十刷

■中文版■

郵購注意事項：
1.填妥劃撥單資料：帳號：50003021戶名：英屬蓋曼群島商家庭傳媒(股)公司城邦分公司。2.通信欄內註明訂購書名與冊數。3.劃撥金額低於500元，請加附掛號郵資50元。如劃撥日起 10～14日，仍未收到書時，請洽劃撥組。劃撥專線TEL：(03)312-4212 ・ FAX：(03)322-4621。E-mail：marketing@spp.com.tw

國家圖書館出版品預行編目(CIP)資料

十二國記 : 月之影.影之海 / 小野不由美作 :
王蘊潔譯. — 1版. — [臺北市] : 尖端出版 :
家庭傳媒城邦分公司發行, 2014.08
冊 ; 公分
譯自 : 月の影影の海
ISBN 978-957-10-5658-6(上冊 : 平裝). —
ISBN 978-957-10-5659-3(下冊 : 平裝)

861.57 103011349